VV. AA

Sátiras y burlas

Siglos XIV-XVI

Director de la colección
Fernando Carratalá

VV. AA

Sátiras y burlas
Siglos XIV y XVI

Edición de
Juan Varela-Portas de Orduña

 es un sello propiedad de 

Diputación, 262, 2º1ª
08007 Barcelona
Tel. 93 494 97 20
E-mail: info@castalia.es

Consulte nuestra página web:
https://www.castalia.es
https://www.edhasa.es

Edición original en Castalia: 2006
Primera edición: febrero de 2024

Ilustración de la cubierta: Hieronimus Bosch: *El Infierno* (detalle). Tríptico del *Jardín de las Delicias* (h. 1480-1490), Museo Nacional del Prado, Madrid.

Diseño gráfico: RQ

ISBN: 978-84-9740-942-1
Depósito Legal B 22188-2024

Impreso en Liberdigital
Impreso en España

Índice

Presentación

SÁTIRAS Y BURLAS

Presentación

1. LA SÁTIRA Y EL HUMOR

Los relatos que aquí presentamos tienen como elemento común la intención de reprobar, criticar o fustigar determinados comportamientos sociales considerados perniciosos o inmorales. Ahora bien, esta finalidad censora puede dar lugar, en la tradición literaria, a dos tipos de textos diferentes, aunque muy estrechamente relacionados entre sí: los textos moralizantes y los textos satíricos. Para que haya un texto satírico se necesitan dos componentes añadidos: la acritud en la denuncia, es decir, que esta sea agria, áspera, picante y mordaz, hecha con voluntad de herir y mortificar; y la ridiculización de las personas o actitudes que se reprueban, para producir efectos de hilaridad.

Nos encontraremos en este libro, por tanto, con cuentos que combinan estos dos aspectos: unos serán más corrosivos y cáusticos, estableciendo un juicio incisivo y virulento sobre el asunto en cuestión, y en este sentido estarán más cercanos a los textos moralizantes; otros, en cambio, buscarán más la burla o chanza, el humor y la agudeza, de modo que se les denominará también textos burlescos, jocosos, festivos o cómicos, y tendrán una menor carga crítica. Sin embargo, en todos ellos encontraremos la invectiva, el sarcasmo y la ironía como componentes imprescindibles de lo satírico.

Ahora bien, el humor y la crítica social o moral no tienen por qué ir necesariamente unidos. Como ha explicado el pensador italiano Umberto Eco, existe un humor que no pone en cuestión las ideas establecidas, las normas o reglas sociales comúnmente aceptadas, sino que, por el contrario, las reafirma e incluso las oculta presentándolas como indiscutibles; pero existe otro tipo de humor que sí pone en evidencia el absurdo y el sinsentido de esas ideas o normas dominantes, haciendo que, al mismo tiempo que nos reímos, podamos preguntarnos por qué o de qué nos estamos riendo. Este es el humor propiamente satírico, el que no bloquea el pensamiento crítico sino que lo estimula, y, por ello, bajo la risa satírica suele haber un fondo de desasosiego que nos hace dudar.

2. DE LA EDAD MEDIA AL RENACIMIENTO: LA TRADICIÓN BOCCACCESCA

Los relatos de este libro fueron escritos en un arco temporal que abarca desde la primera mitad del siglo XIV hasta la primera mitad del siglo XVI, y los hemos dispuesto en orden cronológico para que se puedan apreciar las diferencias y las constantes entre ellos. Este período de tiempo es el que la historiografía tradicional considera el paso de la Edad Media al Renacimiento, lo cual supone, en realidad, el paso de una sociedad feudal y su concepción del mundo sacralizada («el mundo es una huella de Dios») a una sociedad mercantil y su concepción del mundo animista («el mundo es una manifestación del alma del universo»). De este modo, los cambios literarios no serían sino la consecuencia de esas mutaciones sociales e ideológicas, aunque también contribuirían eficientemente a ellas.

A este respecto, es necesario hacer dos precisiones.

Primero, que los desarrollos históricos en las diferentes regiones europeas son muy diversos y no van en una sola dirección. Así, por ejemplo, mientras que los cuentos italianos ya desde el siglo XIV vienen generados desde una sociedad mercantilista muy sólidamente asentada, el *Corbacho* del Arcipreste de Talavera y otros libros de relatos castellanos del siglo XV son decididamente feudales, pues la sociedad mercantil nunca llegará realmente a ser dominante en Castilla, ni siquiera siglos después.

En segundo lugar, que aunque la concepción del mundo y la sociedad en que arraigan los textos literarios puedan ser nuevas, los materiales con los que trabaja el escritor (los motivos literarios, los argumentos, los tipos humanos, los recursos retóricos, etc.) vienen de atrás –aunque a veces, obviamente, se inventen nuevos recursos–, y, por lo tanto, se reajustan y se usan diferentemente, de acuerdo con la situación histórica, de manera que existe siempre una tensión entre esos materiales de origen feudal y las nuevas concepciones que los generan.

De hecho, el origen literario de estos cuentos está en dos tipos de relatos netamente feudales: por un lado, en los *ejemplos* usados en los sermones y libros religiosos y morales de la sociedad feudal; por otro, en los *fabliaux* franceses, pequeñas fábulas jocosas y moralizantes que se ríen de clérigos mundanos, maridos celosos, mujeres alegres y campesinos ignorantes. A través de estos dos modelos se difunden por Europa gran cantidad de motivos folclóricos, orientales, árabes, grecolatinos, bíblicos, etc.

Se puede decir que los cambios sociales que dan lugar a la sociedad mercantil producen el paso del *ejemplo* y del *fabliau* a lo que podríamos denominar *cuento*: los personajes van dejando de ser tipos y se van individualizando psicológicamente, el tiempo y el espacio van dejando de ser simbólicos para pasar a ser literales, las tramas van ganando en precisión en la sucesión de causas y efectos, etc. Son cambios paulatinos y lentos, pero en los cuales el hito fundamental, el que produce la auténtica ruptura, es el *Decamerón* de Giovanni Boccaccio, libro de relatos escrito alrededor de 1350, en cuya raíz la sociedad mercantil y su concepción del mundo laten ya con todas sus características básicas.

A partir del *Decamerón* y de su fulminante éxito en los ambientes mercantiles e intelectuales prehumanistas, se desarrollará toda una tradición de narrativa breve que se extenderá por Italia, Francia e Inglaterra, y en menor medida por España y Alemania, y que dará, además del *Decamerón*, otras dos grandes obras maestras de la cultura europea: los *Cuentos de Canterbury*, del inglés Geoffrey Chaucer, escritos alrededor de 1390, y el *Heptamerón*, de la francesa Margarita de Navarra, escrito hacia 1545. Esta tradición no sólo incluye cuentos satírico-burlescos, sino también sentimentales, trágicos o caballerescos, pero en ella el filón cómico y crítico es uno de los más importantes.

3. CARACTERÍSTICAS LITERARIAS

A pesar de las diferencias en los tiempos y lugares históricos en que fueron escritos, se pueden apreciar algunas constantes que permiten hablar de una tradición uniforme y paneuropea:

— La existencia de un marco narrativo que engarza los cuentos, y en el que a menudo se reflexiona, se debate o se moraliza sobre su asunto. En los casos más elaborados, este marco tiene sus personajes y sus situaciones; en otros casos es una simple presentación en forma de carta o una conclusión del autor.

— La búsqueda de la agilidad narrativa por medio de una sintaxis cada vez más flexible y elaborada.

— La combinación de recursos retóricos propios de la tradición culta, eclesiástica y cortesana, con expresiones y maneras del lenguaje popular, aquellas que las retóricas medievales inscribían en el nivel *mediano* o cómico. De este modo, se combina el rigor narrativo y la riqueza descriptiva y psicológica con la frescura, la vivacidad y la variedad de tonos y registros lingüísticos.

— La aparición de una serie de tipos y situaciones que, aunque derivan en gran medida de los *fabliaux* medievales, van adquiriendo, con el devenir histórico, personalidad y peculiaridades propias. Así, encontraremos la figura del marido engañado y débil de carácter, celoso a veces, consentidor otras, y en particular al *senex amans*, el anciano casado con una mujer joven a la que no consigue satisfacer sexualmente; a la esposa ardiente e insatisfecha, que toma las riendas de la situación para aplacar su deseo; al amante astuto y viril; a los intermediarios entre los amantes (criados, parientes, amigos...); a los clérigos mundanos y corrompidos, hipócritas y falsarios; etc. Y además de las situaciones de triángulo amoroso, y de los enredos pasionales de los religiosos, encontraremos chistes y burlas, respuestas ingeniosas y tretas divertidas, que provienen de las antiguas *facecias* medievales.

está ampliamente presente, conformándose en modo que concili[illegible] ción del gusto.

– La búsqueda de la utilidad formativa por medio de un [illegible] sintaxis [illegible] y elaborada.

– La concepción de los mitos griegos de la [illegible] [illegible] estéticas [illegible] [illegible] así del lenguaje [illegible] que las [illegible] [illegible] [illegible] [illegible]. De este modo, se [illegible] la [illegible] y la forma descripti[illegible] psicológica con la [illegible] y la variedad de [illegible] trágicas.

– La [illegible] de [illegible] que, [illegible] [illegible] [illegible] [illegible] [illegible] [illegible], la [illegible] [illegible] [illegible] [illegible] [illegible] [illegible] [illegible] [illegible] [illegible] y en particular [illegible] [illegible] [illegible] [illegible] [illegible] [illegible] [illegible] [illegible] [illegible] [illegible] [illegible] [illegible] [illegible] [illegible] su [illegible] entre los [illegible] ([illegible], [illegible]) y [illegible] [illegible] y [illegible] [illegible] de [illegible] [illegible] [illegible] de los [illegible] encontraremos [illegible] respuesta [illegible] y variedad [illegible] que [illegible] las [illegible] [illegible].

Sátiras y Burlas

El libro de Buen Amor
Arcipreste de Hita
[hacia 1330-1340]

Escrito en las primeras décadas del siglo XIV, probablemente entre 1330 y 1340, por Juan Ruiz, Arcipreste de Hita (del que poco se sabe, y aun ello incierto y escasamente documentado), el *Libro de Buen Amor* cuenta en primera persona las desventuras amorosas, no necesariamente autobiográficas, del Arcipreste, junto con otros acontecimientos relacionados con ellas (disputa con Don Amor, batalla de Don Carnal y Doña Cuaresma, etc.). Por medio de cuartetas de cuaderna vía muy libres métricamente (es decir, no siempre con versos de catorce sílabas) y llenas de recursos rítmicos y fonéticos de tipo juglaresco, esta línea argumental se desarrolla quebrada constantemente por numerosas digresiones y ejemplos variados, en los que se proyecta una mirada crítica sobre la realidad y se manifiesta un lúcido y sarcástico sentido del humor, como en estos dos que aquí presentamos.

EJEMPLO DE LOS DOS PEREZOSOS QUE QUERÍAN CASAR CON UNA DUEÑA

Te contaré[1] la historia de los dos perezosos
que querían casarse y que andaban ansiosos;
ambos la misma dama rondaban codiciosos.
Eran muy bien apuestos, ¡y verás cuán fermosos![2]

El uno tuerto era de su ojo derecho,
ronco era el otro, cojo y medio contrahecho;
el uno contra el otro tenían gran despecho
viendo ya cada uno su casamiento hecho.[3]

Respondióles la dama que quería casar
con el más perezoso: ese quiere tomar.[4]

[1] El Amor, que se le aparece al Arcipreste, le da consejos para enamorar a las mujeres, por medio de pequeños cuentecillos (*ejemplos*) como este. [2] La ironía, como se ve en la descripción que sigue, es uno de los recursos más destacados en el *Libro de Buen Amor*, y, en general, en toda la literatura satírico-burlesca. [3] Creyendo cada uno de ellos que estaba a punto de conseguir a la dama, sentía una gran animadversión por el otro. [4] El tiempo presente («quiere tomar») sirve para acercar al lector las palabras de la dama, dando

Esto dijo la dueña queriéndolos burlar.
Habló en seguida el cojo; se quiso adelantar:[5]

—Señora —dijo—, oíd primero mi razón:
yo soy más perezoso que este mi compañón.
Por pereza de echar el pie hasta el escalón
caí de la escalera, me hice esta lesión.

Otro día pasaba a nado por el río,
pues era de calor el más ardiente estío;
perdíame de sed, mas tal pereza crío
que por no abrir la boca ronco es el hablar mío.[6]

Luego que calló el cojo, dijo el tuerto: —Señora,
pequeña es la pereza de que este habló ahora;
hablaré de la mía, ninguna la mejora
ni otra tal puede hallar hombre que a Dios adora.

Yo estaba enamorado de una dama en abril,[7]
estando cerca de ella, sumiso y varonil,[8]
vinome a las narices descendimiento vil:[9]
por pereza en limpiarme perdí dueña gentil.

Aún más diré, señora: una noche yacía
en la cama despierto y muy fuerte llovía;

---

más firmeza a la decisión. La libertad en el uso de los tiempos verbales es un recurso propio de la literatura tradicional, de raíz juglaresca, y no se olvide que el *Libro de Buen Amor* es un libro pensado para ser leído en público. [5] Quiso ser el primero en hablar. [6] Tengo tal pereza que, aunque me moría de sed, por no hacer el esfuerzo de abrir la boca me he quedado ronco. [7] El tiempo de la primavera, del florecimiento del amor. [8] Actitudes propias del amante cortés, lo que, al estar puesto en boca del perezoso tuerto, acentúa el efecto cómico del relato. [9] Una mucosidad.

dábame una gotera del agua que caía
en mi ojo; a menudo y muy fuerte me hería.

Por pereza no quise la cabeza cambiar;
la gotera que digo, con su muy recio dar,
el ojo que veis huero acabó por quebrar.
Por ser más perezoso me debéis esposar.[10]

—No sé —dijo la dueña— por todo lo que habláis
qué pereza es más grande, ambos pares estáis;[11]
bien veo, torpe cojo, de qué pie cojeáis;
bien veo, tuerto sucio, que siempre mal miráis.

Buscad con quien casaros, pues no hay mujer que adore
a un torpe perezoso, o de un vil se enamore.[12]
Por lo tanto, mi amigo, que en tu alma no more
defecto ni vileza que tu porte desdore.

[10] Desposar. Debéis casaros conmigo. [11] Ambos estáis igualados. [12] Termina aquí la respuesta de la dama. Los versos siguientes constituyen la conclusión del narrador, el Amor, que da consejos al Arcipreste («mi amigo», en el verso siguiente).

EJEMPLO DE
LO QUE ACONTECIÓ A DON PITAS PAYAS, PINTOR DE BRETAÑA

Dejó uno a su mujer (te contaré[13] la hazaña;
si la estimas en poco, cuéntame otra tamaña[14]).
Era don Pitas Payas[15] un pintor de Bretaña,
casó con mujer joven que amaba la compaña.[16]

Antes del mes cumplido dijo él: —Señora mía,
a Flandes volo ir,[17] regalos portaría.[18]
Dijo ella: —Monseñer,[19] escoged vos el día,[20]
mas no olvidéis la casa ni la persona mía.

[13] De nuevo el Amor cuenta una historia al Arcipreste para fundamentar en ella un consejo. [14] Del mismo o parecido estilo, e igual en calidad. [15] Nombre burlesco. Aunque su significado no esté claro, tal vez *pitas* haga referencia a *gallina*, y *payas* o *pajas* (que también se escribía así) a la paja como símbolo de necedad. [16] Que le gustaba estar acompañada, tener trato social, salir y ver gente, etc. [17] *Volo*: galicismo por *quiero*. El habla del matrimonio está llena de galicismos u occitanismos y catalanismos: en todo caso, palabras que el autor y sus oyentes sentían como extranjeras y que se usan, jocosamente, para caracterizar a los personajes. [18] *Portaría*: galicismo, occitanismo o catalanismo, por *llevaría*. [19] *Monseñer*: forma catalana u occitana por *Monseñor* o *Mi señor*. [20] Iros cuando gustéis.

Dijo don Pitas Payas: —Dueña[21] de la hermosura,
yo volo en vuestro cuerpo pintar una figura
para que ella os impida hacer cualquier locura.
Contestó: Monseñer, haced vuestra mesura.[22]

Pintó bajo su ombligo un pequeño cordero
y marchó Pitas Payas cual nuevo mercadero;[23]
estuvo allá dos años, no fue azar pasajero.[24]
Cada mes a la dama parece[25] un año entero.

Hacía poco tiempo que ella estaba casada,
había con su esposo hecho poca morada;[26]
su amigo[27] tomó y estuvo acompañada,
deshízose el cordero, ya de él no queda nada.[28]

Cuando supo la dama que venía el pintor,
muy deprisa llamó a su nuevo amador;
dijo que le pintase, cual supiese mejor,
en aquel lugar mismo un cordero menor.

Pero con la gran prisa pintó un señor carnero,
cumplido de cabeza, con todo un buen apero.[29]
Luego, al siguiente día, vino allí un mensajero:
que ya don Pitas Payas llegaría ligero.

[21] *Dueña*: mujer principal o casada, señora. [22] Haced vuestro gusto, a vuestra conveniencia. [23] Como nuevo mercader. [24] No fue tiempo pasajero, sino muy prolongado. [25] De nuevo el tiempo presente acerca la narración para enfatizar el sentimiento de abandono de la dueña. [26] Había vivido poco tiempo con su esposo. [27] *Amigo*: amante. [28] Nótese la sutileza de la elipsis que indica la intensidad de la actividad sexual de los amantes, que llega a hacer que el cordero se borre. [29] Con toda su cornamenta, obvia refrencia al nuevo «estado» del marido.

Cuando al fin el pintor de Flandes fue venido,
su mujer, desdeñosa, fría le ha recibido:
cuando ya en su mansión con ella se ha metido,
la señal que pintara no ha echado en olvido.

Dijo don Pitas Payas: —Madona, perdonad,
mostradme la figura y tengamos solaz.
—Monseñer —dijo ella—, vos mismo la mirad:
todo lo que quisieres hacer, hacedlo audaz.[30]

Miró don Pitas Payas el sabido lugar
y vio aquel gran carnero con armas de prestar.
—¿Cómo, madona, es esto? ¿Cómo puede pasar
que yo pinté corder y encuentro este manjar?

Como en estas razones es siempre la mujer
sutil y mal sabida, dijo: —¿Qué, monseñer?
¿Petit corder,[31] dos años, no se ha de hacer carner?
Si no tardaseis tanto aún sería corder.

Por tanto, ten cuidado, no abandones la pieza,
no seas Pitas Payas, para otro no se cueza;[32]
incita a la mujer con gran delicadeza
y si promete al fin, guárdate de tibieza.[33]

[30] Con atrevimiento, sin reparos. [31] *Petit*: galicismo por pequeño. La pérdida de la vocal final (*corder, carner*) es también rasgo galicista, occitano o catalán. [32] Metáfora: la *pieza* del verso anterior es «pieza de caza», que ahora en este verso «se cuece» para otro. Las metáforas cinegéticas y culinarias son tradicionales para referirse a la conquista amorosa de la mujer (cazarla, comerla, etc.), que queda así, sin duda, convertida en objeto o animalizada. [33] La delicadeza debe protagonizar la conquista, pero una vez conquistada la mujer, hay que ser apasionado y no tratarla con frialdad o descuido (*tibieza*).

El conde Lucanor
Don Juan Manuel
[hacia 1335]

El conde Lucanor es la obra maestra del Infante Don Juan Manuel (1282-1348), que fue sobrino del rey Alfonso X el Sabio, y, por tanto, noble implicado en las luchas dinásticas que sacudieron Castilla a principios del siglo XIV, y, en general, en la alta y compleja política del reino. Escribió cerca de una veintena de libros de variada temática y género (crónicas, tratados, poesía, etc.), de los que nos han llegado aproximadamente la mitad. *El conde Lucanor* se compone de cinco partes, la primera de las cuales, que es la más extensa e importante, consta de cincuenta y un cuentos o *ejemplos*, narrados por Patronio, consejero del conde Lucanor, como respuesta a una petición de consejo por parte de este. Estos relatos, que concluyen siempre con una moraleja resumida en un pareado, se caracterizan por una intensa severidad moralizante, pero algunos de ellos poseen un acusado talante satírico, como los que aquí presentamos.

LO QUE SUCEDIÓ A UN MOZO QUE CASÓ CON UNA MUCHACHA DE MUY MAL CARÁCTER[34]

Otra vez, hablando el conde Lucanor con Patronio, su consejero, díjole así:

—Patronio, uno de mis deudos me ha dicho que le están tratando de casar con una mujer muy rica y más noble que él, y que este casamiento le convendría mucho si no fuera porque le aseguran que es la mujer de peor carácter que hay en el mundo.[35] Os ruego que me digáis si he de aconsejarle que se case con ella, conociendo su genio, o si habré de aconsejarle que no lo haga.

—Señor conde —respondió Patronio—, si él es capaz de hacer lo que hizo un mancebo moro, aconsejadle que se case con ella; si no lo es, no se lo aconsejéis.

El conde le rogó que le refiriera qué había hecho aquel moro.

[34] Este relato, probablemente de origen persa, podría ser antecedente directo de la famosa obra de William Shakespeare *La fierecilla domada*. [35] El matrimonio era entonces —y hasta muy recientemente— un acuerdo entre estirpes para unir su «sangre», realizado en virtud de la más estricta conveniencia: el amor o el afecto intervenían poco en él, como se verá en el relato.

Patronio le dijo que en un pueblo había un hombre honrado que tenía un hijo que era muy bueno, pero que no tenía dinero para vivir como él deseaba. Por ello andaba el mancebo muy preocupado, pues tenía el querer pero no el poder.

En aquel mismo pueblo había otro vecino más importante y rico que su padre, que tenía una sola hija, que era muy contraria al mozo,[36] pues todo lo que éste tenía de buen carácter, lo tenía ella de malo, por lo que nadie quería casarse con aquel demonio. Aquel mozo tan bueno vino un día a su padre y le dijo que bien sabía que él no era tan rico que pudiera dejarle con qué vivir decentemente, y que, pues tenía que pasar miserias o irse de allí, había pensado, con su beneplácito, buscarse algún partido[37] con que poder salir de la pobreza. El padre le respondió que le agradaría mucho que pudiera hallar algún partido que le conviniera. Entonces le dijo al mancebo que, si él quería, podría pedirle a aquel honrado vecino su hija. Cuando el padre lo oyó se asombró mucho y le preguntó que cómo se le había ocurrido una cosa así, que no había nadie que la conociera que, por pobre que fuese, se quisiera casar con ella. Pidióle el hijo, como un favor, que le tratara aquel casamiento. Tanto le rogó que, aunque el padre lo encontraba muy raro, le dijo que lo haría.[38]

Fuese en seguida a ver a su vecino, que era muy amigo suyo, y le dijo lo que el mancebo le había pedido, y le rogó

[36] Sentía gran antipatía por él. [37] Partido: trato, convenio o pacto que reporta utilidad o provecho. Aquí referencia al matrimonio. La expresión «es un buen partido» se aplica a la persona con quien casarse es económicamente ventajoso. [38] El paso del estilo indirecto en la primera escena al estilo directo en la segunda y tercera escenas marca la frontera entre el planteamiento y el desarrollo del cuento. El planteamiento, así, es menos visual o teatral que el desarrollo, y se produce una gradación muy hábil en el ritmo del relato.

que, pues se atrevía a casar con su hija, accediera a ello. Cuando el otro oyó la petición le contestó diciéndole:

—Por Dios, amigo, que si yo hiciera esto os haría a vos muy flaco servicio, pues vos tenéis un hijo muy bueno y yo cometería una maldad muy grande si permitiera su desgracia o su muerte, pues estoy seguro que si se casa con mi hija, ésta le matará o le hará pasar una vida mucho peor que la muerte. Y no creáis que os digo esto por desairaros, pues, si os empeñáis, yo tendré mucho gusto en darla a vuestro hijo o a cualquier otro que la saque de casa.

El padre del mancebo le dijo que le agradecía mucho lo que le decía y que, pues su hijo quería casarse con ella, le tomaba la palabra.

Se celebró la boda y llevaron a la novia a casa del marido. Los moros tienen la costumbre de prepararles la cena a los novios, ponerles la mesa y dejarlos solos en su casa hasta el día siguiente. Así lo hicieron, pero estaban los padres y parientes de los novios con mucho miedo, temiendo que al otro día le encontrarían a él muerto o malherido.

En cuanto se quedaron solos en su casa se sentaron a la mesa, mas antes que ella abriera la boca miró el novio alrededor de sí, vio un perro y le dijo airadamente:

—¡Perro, danos agua a las manos!

El perro no lo hizo. El mancebo comenzó a enfadarse y a decirle aún con más enojo que les diese agua a las manos. El perro no lo hizo. Al ver el mancebo que no lo hacía, se levantó de la mesa muy enfadado, sacó la espada y se dirigió al perro. Cuando el perro le vio venir empezó a huir y el mozo a perseguirle, saltando ambos sobre los muebles y el fuego, hasta que lo alcanzó y le cortó la cabeza y las patas y lo hizo pedazos, ensangrentando toda la casa.

Muy enojado y lleno de sangre se volvió a sentar y miró alrededor. Vio entonces un gato, al cual le dijo que les diese agua a las manos. Como no lo hizo, volvió a decirle:

—¿Cómo, traidor, no has visto lo que hice con el perro porque no quiso obedecerme? Te aseguro que, si un poco o más conmigo porfías, lo mismo haré contigo que hice con el perro.

El gato no lo hizo, pues tiene tan poca costumbre de dar agua a las manos como el perro.[39] Viendo que no lo hacía, se levantó el mancebo, lo cogió por las patas, dio con él en la pared y lo hizo pedazos con mucha más rabia que al perro. Muy indignado y con la faz torva se volvió a la mesa y miró a todas partes. La mujer, que le veía hacer esto, creía que estaba loco y no le decía nada.

Cuando hubo mirado por todas partes vio un caballo que tenía en su casa, que era el único que poseía, y le dijo lleno de furor que les diese agua a las manos. El caballo no lo hizo. Al ver el mancebo que no lo hacía, le dijo al caballo:

—¿Cómo, don caballo?[40] ¿Pensáis que porque no tengo otro caballo os dejaré hacer lo que queráis?[41] Desengañaos, que si por vuestra mala ventura no hacéis lo que os mando, juro a Dios que os he de dar tan mala muerte como a los otros; y no hay en el mundo nadie que a mí me desobedezca con el que yo no haga otro tanto.

El caballo se quedó quieto. Cuando vio el mancebo que no le obedecía, se fue a él y le cortó la cabeza y lo hizo pedazos. Al ver la mujer que mataba el caballo, aun-

[39] Apréciese la ironía del comentario. [40] El uso del don antepuesto a nombres comunes era habitual: aquí se busca un claro efecto de personificación del animal. [41] Se da una hábil gradación en la nobleza de cada animal (perro-gato-caballo): el gran valor del caballo, único que se posee, lo acerca al valor de la esposa, que también es única.

que no tenía otro, y que decía que lo mismo haría con todo el que desobedeciera, comprendió que no era una broma, y le entró tanto miedo que ya no sabía si estaba muerta o viva.

Bravo, furioso y ensangrentado se volvió el marido a la mesa, jurando que si hubiera en casa más caballos, hombres o mujeres que le desobedecieran, los mataría a todos. Se sentó y miró a todas partes, teniendo la espada llena de sangre entre las rodillas.

Cuando hubo mirado a un lado y a otro sin ver a ninguna otra criatura viviente, volvió los ojos muy airadamente hacia su mujer y le dijo con furia, la espada en la mano:

—Levántate y dame agua a las manos.

La mujer, que esperaba de un momento a otro ser despedazada, se levantó muy de prisa y le dio agua a las manos.

Díjole el marido:

—¡Ah, cómo agradezco a Dios el que hayas hecho lo que te mandé! Si no, por el enojo que me han causado esos majaderos, hubiera hecho contigo lo mismo.

Después le mandó que le diese de comer. Hízolo la mujer. Cada vez que le mandaba una cosa, lo hacía con tanto enfado y tal tono de voz que ella creía que su cabeza andaba por el suelo. Así pasaron la noche los dos, sin hablar la mujer, pero haciendo siempre lo que él mandaba. Se pusieron a dormir y, cuando ya habían dormido un rato, le dijo el mancebo:

—Con la ira que tengo no he podido dormir bien esta noche; ten cuidado de que no me despierte nadie mañana y de prepararme un buen desayuno.

A media mañana los padres y parientes de los dos fueron a la casa, y, al no oír a nadie, temieron que el novio estuviera muerto o herido. Viendo por entre las puertas a ella y no a él, se alarmaron más. Pero cuando la novia les vio a la puerta se les acercó silenciosamente y les dijo con mucho miedo:

—Pillos, granujas, ¿qué hacéis ahí? ¿Cómo os atrevéis a llegar a esta puerta ni a rechistar? Callad, que si no, todos seremos muertos.

Cuando oyeron esto se llenaron de asombro. Al enterarse de cómo habían pasado la noche, estimaron en mucho al mancebo, que así había sabido, desde el principio, gobernar su casa. Desde aquel día en adelante fue la muchacha muy obediente y vivieron juntos con mucha paz. A los pocos días el suegro quiso hacer lo mismo que el yerno y mató un gallo que no obedecía. Su mujer le dijo:

—La verdad, don Fulano, que te has acordado tarde, pues ya de nada te valdrá matar cien caballos; antes tendrías que haber empezado, que ahora te conozco.

Vos, señor conde, si ese deudo vuestro quiere casarse con esa mujer y es capaz de hacer lo que hizo este mancebo, aconsejadle que se case, que él sabrá cómo gobernar su casa; pero si no fuere capaz de hacerlo, dejadle que sufra su pobreza sin querer salir de ella. Y aun os aconsejo que a todos los que hubieren de tratar con vos les deis a entender desde el principio cómo han de portarse.

El conde tuvo este consejo por bueno, obró según él y le salió muy bien. Como don Juan vio que este cuento era bueno, lo hizo escribir en este libro y compuso unos versos que dicen así:[42]

Si al principio no te muestras como eres,
no podrás hacerlo cuando tú quisieres.

[42] Con esta frase ritual, y la moraleja en forma de pareado, terminan todos los cuentos de *El conde Lucanor*.

LO QUE SUCEDIÓ A UNA FALSA DEVOTA

Otra vez hablaba el conde Lucanor con Patronio, su consejero, de este modo:

—Patronio, yo he estado hablando con muchas personas y nos hemos preguntado qué podría hacer un hombre muy malo para causar mucho daño a los demás. Unos decían que encabezar revueltas; otros, que pelear con todos; otros, que robar y matar, mientras otros afirmaban que aquello con que el hombre puede hacer más daño es la calumnia y la mala lengua. Por vuestro entendimiento os ruego me digáis con cuál de estas cosas podría causarse más mal a las gentes.

—Señor conde —respondió Patronio—, para que veáis esto claro me gustaría que supierais lo que sucedió al demonio con una de esas mujeres que se fingen devotas.

El conde le preguntó qué le había sucedido.

—Señor conde Lucanor —dijo Patronio—, en un pueblo había un mancebo muy bueno, casado, que se llevaba muy bien con su mujer, de modo que nunca había entre ellos desavenencias. Como al demonio le desagradaba siempre lo bueno, recibía de esto mucho pesar; pero aunque estuvo mucho tiempo tratando de meter cizaña entre los dos, nunca los pudo desavenir.

Un día, viniendo el demonio del pueblo donde aquel matrimonio vivía, se encontró con una devota. Al conocerse le preguntó por qué estaba triste. Díjole el demonio que venía del sitio donde vivía aquel matrimonio, que hacía mucho tiempo que estaba tratando de desavenirlos, sin conseguirlo, y que, al saberlo su superior,[43] le había dicho que, pues hacía tanto que nadaba en ello sin dar puntada, había perdido su estimación, y que por eso estaba tan triste. Respondióle ella que se asombraba de que, con lo que sabía, no pudiera lograrlo, pero que si hacía lo que ella le dijera, estaba segura de conseguirlo. Contestó el demonio que estaba dispuesto a hacer al pie de la letra lo que ella quisiera con tal de desavenir a aquel matrimonio. Cuando el demonio y la falsa devota se pusieron de acuerdo, se fue la mujer para el lugar donde ellos vivían;[44] tanto hizo allí que se dio a conocer la mujer y le hizo creer que se había criado en casa de su madre y que por esto estaba obligada a servirla en todo lo que pudiere. La honrada esposa, convencida de ello, la metió en casa y acabó por fiarle su manejo. También se fiaba de ella el marido.[45]

[43] Según la concepción sacralizada medieval, entre los demonios del infierno existe una jerarquía tan estricta como entre los ángeles del cielo y como entre los hombres de la Tierra. [44] En la vida medieval, la intervención directa del demonio servía para explicar la confusión y la injusticia, como la de Dios o los ángeles para explicar la belleza, el orden y la justicia. [45] El ganarse la confianza del matrimonio es el primer paso imprescindible para la ejecución de sus planes, de modo que la mujer se convierte así en ejemplo acabado de falsedad e hipocresía.

Cuando ya había estado mucho tiempo en la casa y se había ganado la confianza de los dos, se vino muy triste un día a la mujer y le dijo:

—Hija mía, mucho siento lo que me han dicho: que a vuestro marido le gusta otra. Os ruego y aconsejo que lo tratéis con más cariño que nunca para que no ame a ninguna mujer más que a vos, pues ello sería la mayor desgracia que os pudiera venir.

Al oír esto la buena esposa, aunque no lo creyó, se entristeció mucho. Viéndola tan triste la falsa devota, se fue al lugar por donde su marido había de venir, y al llegar le dijo que era una pena que, teniendo una mujer tan buena como la suya, amara más a otra, y que esto ya lo sabía su propia mujer y se había entristecido mucho por ello, habiendo dicho que, pues él se portaba así a pesar de que ella se esforzaba tanto por tenerle contento, buscaría a otro que la tuviera en más que a él. Acabó rogándole la cizañera que su mujer no supiese lo que le había dicho; si lo supiera, ella se moriría.

Cuando el marido oyó esto, aunque no lo creyó, se afligió también mucho y se puso muy triste. La enemiga de su descanso se fue entonces adonde estaba su mujer y le dijo, con grandes muestras de pesar:

—Hija, no sé qué desgracia os ha venido, que vuestro marido está muy enojado con vos; ahora veréis que es verdad lo que os digo, pues ha de entrar triste y enojado, lo que no hacía antes.

Dejándola con esta preocupación se fue al marido y le dijo lo mismo. Cuando éste llegó a su casa y vio a su mujer triste y que ya no se alegraban el uno con el otro, quedaron los dos aún más preocupados.[46] Al salir el marido

[46] Nótese lo hábilmente que se va creando entre los cónyuges una atmósfera opresiva de tristeza, preocupación e incomunicación.

le dijo la falsa mujer a la buena esposa que, si ella quería, buscaría a algún hombre que supiera hacer algún encantamiento con que su marido perdiera la mala voluntad que le estaba mostrando. La mujer, deseosa de vivir con su marido en la misma armonía que antes, le dijo que le agradecería mucho que lo hiciera.

A los pocos días volvió a ella y le dijo que había encontrado a un hombre muy sabio que le había dicho que si traía unos cuantos pelos de la barba de su marido, de los que nacen en la garganta, haría con ellos un encantamiento para que su marido perdiera el enojo y volvieran a vivir como antes o quizás mejor, y que cuando viniese hiciera que se echase a dormir en su regazo y se los cortara. Diole además una navaja para hacer esto. La buena esposa, muy entristecida por el amor que tenía a su marido, al ver la desavenencia que había entre ellos, y deseando volver a gozar de la felicidad que antes disfrutaba, dijo que lo haría y cogió la navaja que la falsa devota le había traído.

La mala mujer se fue enseguida al marido y le dijo que sentiría tanto que le mataran que no podía ocultarle lo que su mujer tenía maquinado; que supiese que su mujer tenía convenido con el amante que, cuando él llegara a su casa, le haría ella dormir en su regazo para degollarle, al quedar dormido, con una navaja que tenía guardada. Cuando el marido oyó esto se asombró mucho, y si antes estaba ya muy preocupado por las falsedades que le había dicho, con esto de ahora se preocupó más, y resolvió estar muy sobre sí y ver si era verdad lo que le contaba. Con este ánimo se fue a su casa.

Al verlo su mujer, lo recibió mejor que los días anteriores y le dijo que por qué siempre estaba trabajando y nunca quería descansar; que se echara un poco cerca de ella y pusiera la cabeza en su regazo para espulgarle.[47] Oyéndola el marido, tuvo por cierto lo que le habían dicho, y por ver lo que haría se echó en su regazo y se hizo el dormido. Cuando su mujer creyó que estaba bien dormido sacó la navaja para cortarle los pelos de la barba, como le había dicho la falsa devota. Al ver el marido la navaja cerca de su garganta, creyendo que era verdad que iba a degollarlo, se la quitó a su mujer y la degolló él. A los gritos vinieron los padres y hermanos de ella, que al ver degollada a la que nadie había puesto nunca ninguna tacha se dirigieron todos contra él y lo mataron llenos de ira. Entonces vinieron los parientes del marido, que mataron a los que habían vengado a la mujer. Y de tal manera se revolvió el pueblo, que aquel día murieron la mayoría de sus habitantes.[48]

Todo esto vino por las falsas palabras de la mala mujer. Pero como Dios no quiere que el malvado quede sin castigo ni que la maldad permanezca encubierta, hizo que se supiera que todo aquello había venido por la falsa devota, a la que condenaron a muy cruel muerte.[49]

Vos, señor conde Lucanor, si queréis saber cuál es el hombre más dañino del mundo, y el que puede hacer más mal a las gentes, podéis estar seguro que es el que se finge cristiano y persona leal, pero anda con torcida intención sembrando mentiras por desavenir a unas gen-

[47] El matar los piojos en la cabeza de la persona era acción muy cotidiana en una época en que las condiciones higiénicas no permitían otro modo de librarse de los parásitos, muy habituales. La acción puede entenderse como un acto de servicio y ternura. [48] Nótese la rapidez y bulliciosa violencia del desenlace. [49] Sin duda, este párrafo puede considerarse una concesión a la necesidad moralizante de un final justo, pero el auténtico —y brillante— final del relato está en el párrafo anterior.

tes con otras. Os aconsejo que os guardéis mucho de los que simulan ser muy devotos, ya que la mayoría de ellos están llenos de trampas y engaños. Para poderlos bien conocer, recordad lo que de ellos dice el Evangelio: *A fructibus eorum cognoscetis eos*; que quiere decir: *Por sus obras los conoceréis*. La verdad es que no hay nadie en el mundo que pueda ocultar lo que lleva dentro, pues aunque lo oculte algún tiempo, al fin siempre sale.

El conde vio que era verdad lo que Patronio le decía, se propuso hacerlo y le pidió a Dios que le guardara a él y a sus amigos de gente así. Comprendiendo don Juan que este cuento era bueno, lo hizo poner en este libro y escribió unos versos que dicen así:

Juzgar por las obras, no por la apariencia;
En esto consiste del vivir la ciencia.

Decamerón
Giovanni Boccacio
[hacia 1350]

El *Decamerón*, escrito por el autor florentino Giovanni Boccaccio (1313-1375) entre 1349 y 1351, es una de las obras cumbre de la literatura universal. En ella, un grupo de jóvenes que huyen de la peste de Florencia de 1348, narran por turnos cien relatos, divididos en diez jornadas de diez cuentos cada una, con un tema o motivo cada día, impuesto por uno de los componentes del grupo como rey o reina de la jornada. Con esta obra, Boccaccio —autor al que, junto con Dante Alighieri y Francesco Petrarca, se le considera el origen de la literatura europea moderna— inicia una rica tradición literaria de narrativa breve que se extenderá por toda Europa hasta el siglo XVI, y en la que se combinan narraciones satírico-burlescas, como las que aquí presentamos, con otras sentimentales, trágicas y caballerescas.

[CUENTO DEL HORNERO CISTI]

EL HORNERO CISTI CON UNA SOLA FRASE HACE CORREGIR A MICER GERI SPINA UNA PETICIÓN SUYA EQUIVOCADA

Mucho alabaron todas las señoras y los hombres las palabras de doña Oretta,[50] las cuales ordenó la reina a Pampinea[51] que continuase; por lo que ella así comenzó:

—Hermosas señoras[52], yo no sé discernir por mí misma quién es más culpable en esto: si la naturaleza proporcionando a un alma noble un cuerpo vil, o la fortuna proporcionando a un cuerpo dotado de alma noble una profesión vil, como hemos podido ver que le sucede, entre otros muchos, a nuestro conciudadano Cisti,[53] a quien, aunque provisto de un elevadísimo ánimo, la fortuna hizo

[50] Oretta es el personaje protagonista del cuento que se había contado con anterioridad, y que concluía con un dicho ingenioso suyo, que es lo que alaban los miembros del grupo de jóvenes. [51] La reina de la sexta jornada es Elisa, quien otorga la palabra a cada narrador, en este caso a Pampinea. [52] En general, la palabra señora no implica aquí «edad avanzada», sino «condición social elevada» y «nobleza de alma». Se trata, pues, de mujeres jóvenes, pero de alcurnia y buen entendimiento. [53] El protagonista del relato es flo-

hornero.[54] Y por supuesto que yo maldeciría tanto a una como a otra, si no supiese que la naturaleza es discretísima[55] mientras que la fortuna tiene mil ojos, aunque los necios se la representen ciega. Y considero que ambas, como muy precavidas, hacen lo mismo que a menudo hacen los mortales, los cuales, cuando se sienten inseguros de los acontecimientos venideros, para futuras ocasiones entierran sus cosas más preciadas en los lugares más viles de sus casas, pues son los menos sospechosos, y de ellos las extraen en las mayores necesidades, habiéndolas resguardado el vil lugar con más seguridad que una hermosa estancia. Y así, las dos ministras del mundo[56] a menudo esconden sus cosas más queridas a la sombra de los oficios considerados más viles, a fin de que al sacarlas de ellos cuando sea necesario, su esplendor aparezca más claro.[57] Y con un cuentecillo bastante breve os quiero mostrar en qué poca cosa el hornero Cisti lo demostró abriéndole los ojos del entendimiento a micer Geri Spina, a quien el cuento contado sobre doña Oretta, que fue su esposa, me ha traído a la memoria.[58]

---

rentino, como la narradora y sus oyentes, y se presenta como alguien conocido por ellos. [54] El desligar la nobleza de alma del estado —o lugar— natural (la profesión) implica una concepción del mundo muy distinta a la sacralizada plenamente medieval, en la que se es noble o vasallo «por la gracia de Dios». A pesar de la cercanía temporal con el *Libro de Buen Amor* o *El Conde Lucanor*, el desarrollo histórico de las ciudades italianas hace que la concepción del mundo que genera los relatos del *Decamerón* sea muy distinta a la de los libros castellanos. [55] *Discretísima*: prudente y justa. [56] La natualeza y la fortuna. [57] Del mismo modo que las personas esconden sus tesoros en los sitios más secretos y pobres de las casas, así la naturaleza y la fortuna esconden las almas nobles en quienes ejercen profesiones humildes. [58] Esta introducción sirve para situar la anécdota que se va a relatar en una dimensión social. La maestría de Boccaccio se demuestra a lo largo de todo el relato en cómo consigue convertir un simple donaire en un tratado sobre las tensiones sociales de la ciudad.

Digo, pues, que habiendo enviado a Florencia el papa Bonifacio,[59] con el que micer Geri Spina[60] gozó de gran estima, a unos nobles embajadores para unos asuntos de gran necesidad para él, como quiera que ellos se alojaban en casa de micer Geri y trataban con él los asuntos del papa, sucedió que micer Geri y los embajadores papales casi todas las mañanas pasaban, por una u otra razón, delante de Santa Maria Ughi, donde el hornero Cisti tenía su horno y ejercía personalmente su oficio. Al cual, aunque la fortuna le hubiese deparado un oficio humilde, le había sido tan propicia en él que se había hecho muy rico, y sin quererlo nunca cambiar por ningún otro, vivía espléndidamente, y tenía siempre, entre otras cosas buenas, los mejores vinos blancos y tintos que se pudiesen encontrar en Florencia o en su comarca.[61]

Este Cisti, viendo cada mañana pasar por delante de su puerta a micer Geri y los embajadores del papa, como hacía mucho calor, se le ocurrió que sería gran cortesía darles a beber de su buen vino blanco, pero en consideración a su rango y al de micer Geri no le parecía adecuado atreverse a invitarlo, así que pensó un modo que indujese a micer Geri a invitarse a sí mismo[62]: llevando

[59] Bonifacio VIII (muerto en 1303), quien intervino activamente en las luchas internas de las ciudades italianas. Dante lo condena como simoníaco en la bolsa tercera del octavo círculo del *Infierno*. [60] Jefe de una de las facciones florentinas, los güelfos negros, hacia 1300. En documentos de la época se le recuerda como hombre de elevada cultura (María Hernández). [61] En las ciudades mercantiles italianas del siglo XIV, a diferencia del mundo estrictamente feudal, puede haber artesanos riquísimos, como Cisti, y nobles no tan ricos o incluso empobrecidos. El estado social y la riqueza no se corresponden automáticamente. [62] Cisti, a pesar de su riqueza, sabe perfectamente cuál es su lugar en la escala social y cómo debe mantener las distancias en ella con los nobles.

puesto un jubón blanquísimo y un mandil impecable siempre por encima, lo que le daba más aire de molinero que de hornero, cada mañana, a la hora en que calculaba que micer Geri debía pasar con los embajadores, se hacía llevar delante de su puerta un barreño nuevo rebosante de agua fresca y un pequeño jarrito boloñés nuevo con su buen vino blanco y dos vasos que parecían de plata de cómo relucían[63]. Y tomando asiento, cuando ellos pasaban, entonces él, tras carraspear una o dos veces,[64] comenzaba a beber ese vino suyo con tanto gusto que le habría despertado las ganas a los muertos.

Y al ver esto micer Geri dos mañanas seguidas, a la tercera dijo:

—¿Qué, Cisti, está bueno?

Cisti, poniéndose rápidamente en pie, respondió:

—Sí, señor, pero no os podría explicar cuánto si no lo probáis.

Micer Geri, a quien el calor o el cansancio mayor de lo habitual habían dado sed, o quizás el deleitoso modo de beber que veía a Cisti, volviéndose sonriente a los embajadores, dijo:

—Señores, conviene que probemos el vino de este buen hombre: puede que sea tal que no nos arrepintamos.

Y se acercó con ellos adonde Cisti. Este, haciendo de inmediato sacar del horno un buen banco, les rogó que se sentasen, y a sus criados, que ya se adelantaban para lavar los vasos, les dijo:

[63] El barreño con agua servía para mantener fresco el vino. El jarro boloñés era de barro y con un diseño especial ideado en la aludida Bolonia.
[64] O bien para llamar la atención, o bien como costumbre ritual para aclarar la garganta.

—Compañeros, apartaos y dejadme hacer a mí este servicio, pues sé escanciar tan bien como hornear. ¡Y no creáis que vais a probar ni gota![65]

Y dicho esto, tras lavar cuatro hermosos vasos nuevos y hacerse traer un pequeño jarrito de su buen vino, dio diligentemente de beber a micer Geri y a sus acompañantes, a quienes el vino les pareció el mejor que habían bebido en mucho tiempo, por lo que, elogiándolo mucho, mientras los embajadores estuvieron allí, casi todas las mañanas micer Geri iba con ellos a beberlo.

Cuando los embajadores hubieron resuelto sus asuntos y debían partir, micer Geri les dio un magnífico banquete, al cual invitó a una parte de los más honorables ciudadanos e hizo invitar a Cisti, que de ningún modo quiso ir. Mandó, pues, micer Geri a uno de sus criados que fuese por una garrafa del vino de Cisti y que diese medio vaso de él a cada uno en la primera ronda. El criado, quizás despechado porque ni una vez había podido probar el vino, cogió una garrafa grande.

Viendo lo cual, dijo Cisti:

—Hijo, micer Geri no te manda a mí.

Y al confirmarlo varias veces el criado y no poder obtener otra respuesta, volvió a micer Geri y así se lo dijo, a lo que micer Geri respondió:

—Regresa y dile que sí que te mando yo, y si te responde de nuevo así, pregúntale a quién te mando.

El criado, volviendo, dijo:

—Cisti, es seguro que micer Geri me manda a ti.

A lo que Cisti repuso:

65 Cisti, por supuesto, también sabe mantener en su sitio a los criados, aunque los llame «compañeros»

—Seguro, hijo, que no es así.

—Entonces —dijo el criado—, ¿a quién me manda?

—Al Arno[66] —respondió Cisti.

Cuando el criado transmitió esto a micer Geri, en seguida se le abrieron los ojos del entendimiento y dijo al criado:

—Déjame ver la garrafa que llevas —y al verla añadió—: Cisti tiene razón.

E insultándole, le hizo coger una garrafa adecuada. Cisti, al verla, dijo:

—Ahora sí estoy seguro de que te manda a mí.

Y se la llenó de buena gana.

Después, ese mismo día, tras hacer llenar un pequeño barril de un vino parecido, y haciéndolo llevar con cuidado a casa de micer Geri, fue él luego y al encontrarlo le dijo:

—Señor, no querría que creyeseis que la gran garrafa de esta mañana me haya asustado, pero pareciéndome que habíais olvidado lo que estos días atrás os he mostrado con mis modestas jarritas, esto es, que este no es vino para la servidumbre, os lo he querido recordar esta mañana. Ahora, como no pretendo seguir guardándolo para vos,[67] os lo he hecho traer todo: en lo sucesivo, haced con él como gustéis.

Micer Geri apreció muchísimo el regalo de Cisti y le dio las gracias que por ello creyó convenientes, y a partir de entonces siempre lo tuvo en gran estima y lo consideró su amigo.

[66] El Arno es el río que pasa por Florencia. Cisti indica que como la garrafa que quiere llenar el criado es tan grande, parce que la va a llenar al río y no a su bodega, y de vulgar agua y no de su extraordinario vino. [67] Un modo alambicado de decir que el vino pertenece al propio Geri, pues él se lo regala. Así parece que su regalo, más que una dádiva, es una devolución, demostrando una vez más la cortesía y el «saber estar» de Cisti.

Hieronimus Bosch, «El Bosco», Los siete pecados capitales (fragmento), h. 1500-1525. Óleo sobre tabla, Museo Nacional del Prado, Madrid.

[CUENTO DE LIDIA Y NICÓSTRATO]

LIDIA, MUJER DE NICÓSTRATO, AMA A PIRRO, EL CUAL, PARA PODER CREERLA, LE PIDE TRES COSAS, QUE ELLA CUMPLIRÁ PUNTUALMENTE. Y ADEMÁS, EN PRESENCIA DE NICÓSTRATO, SE SOLAZA CON ÉL Y LE HACE CREER A NICÓSTRATO QUE NO ES VERDAD LO QUE HA VISTO.

Tanto había gustado el cuento de Neifile que las señoras no podían contenerse de reír y comentarlo, por más que el rey les hubiese impuesto silencio repetidas veces, pues ya había ordenado a Pánfilo que contase el suyo.[68] Hasta que, después de que callaron, Pánfilo empezó así:

No creo, reverendas señoras, que haya algo, por grave y arriesgado que sea, que no sea capaz de hacer quien ama fervientemente. Lo cual, aunque se haya mostrado en muchos cuentos, no obstante creo probarlo mucho mejor con uno que pretendo narraros, en el que oiréis de una señora en cuyos actos la fortuna le fue mucho más favorable que la juiciosa razón. Y por ello, no aconsejaría

[68] Neifile es la narradora del cuento anterior; Pánfilo lo será de este. El rey de esta séptima jornada es Idoneo.

yo a ninguna que se arriesgase a seguir las huellas de esta de quien voy a hablar, porque no siempre la fortuna está dispuesta, ni todos los hombres del mundo están igualmente ofuscados.[69]

En Argos, antiquísima ciudad de Acaya,[70] mucho más famosa por sus antiguos reyes que grande, hubo una vez un noble llamado Nicóstrato a quien ya cercano a la vejez la fortuna le concedió por esposa a una dama tan atrevida como hermosa, de nombre Lidia. Tenía este, como hombre noble y rico, mucha servidumbre y perros y aves de caza, y disfrutaba muchísimo en las cacerías. Y tenía, entre otros criados suyos, un jovencito agraciado, elegante, de buen porte y diestro en cualquier cosa que hubiese querido hacer, llamado Pirro, a quien Nicóstrato quería más que a ningún otro, y en quien más confiaba. De este se enamoró Lidia perdidamente, tanto que ni de noche ni de día podía apartar el pensamiento de él, aunque de ese amor Pirro no mostraba preocuparse en absoluto, ya fuese porque no se percataba o porque no quisiese, lo que procuraba al ánimo de la señora un insoportable tormento.[71]

Así que decidida del todo a hacérselo advertir, llamó a una camarera suya llamada Lusca, de la cual se fiaba mucho, y le dijo:

[69] Nótese que nos encontramos aquí ante un antiejemplo: la conducta de la protagonista es desaconsejable, y su éxito se atribuye más a la suere que al buen juicio. No se trata, pues, de extraer una morleja, sino de presentar un caso para la reflexión. [70] Acaya: parte noroccidental del Peloponeso, en Grecia. Argos: ciudad aún hoy existente, es considerada por los escritores griegos clásicos la ciudad más antigua de Grecia. [71] Nótese la habilidad en la sintaxis para, en dos pinceladas, realizar de manera muy eficaz el planteamiento del conflicto, que, por ser tópico (mujer joven y ardiente, marido anciano, criado apuesto), no necesita mucha profundidad.

—Lusca, los beneficios que has recibido de mí te deben hacer obediente y fiel; por ello, cuida que lo que te voy a decir no lo sepa jamás nadie sino aquel a quien yo te ordene. Como ves, Lusca, soy una dama joven y lozana, y llena abundantemente de todo lo que una pueda desear, y, en suma, no me puedo quejar más que de una cosa: que los años de mi marido son demasiados en comparación con los míos, por lo que vivo poco satisfecha de lo que las damas jóvenes reciben más placer.[72] Y, no obstante, como lo deseo como las demás, hace algún tiempo que acordé conmigo misma que, aunque la fortuna me haya sido poco amiga dándome un marido tan viejo, no sería yo enemiga de mí misma no sabiendo encontrar el modo para mi deleite y mi salud.[73] Y para tenerlos en esto tan cumplidos como en lo demás,[74] me he determinado a querer que nuestro Pirro, como quien es el más digno para ello, los supla con sus abrazos, y he depositado tanto amor en él que no me siento bien más que cuando lo veo o pienso en él, y si no me encuentro con él sin demora doy por hecho que me moriré. Por ello, si aprecias mi vida, le darás a conocer mi amor de la manera que mejor te parezca, y le rogarás de mi parte que tenga el placer de venir a verme cuando tú vayas a buscarlo.[75]

[72] Obviamente, el placer sexual, que en estos relatos nunca se oculta ni se disimula, sino que supone una realidad intensamente vivida. [73] Doble negación: sería yo enemiga de mí misma si no supiese encontrar el modo para mi deleite y salud. [74] Para tener en esto, es decir, en el sexo, el deleite y la salud tan cumplidos, esto es, tan completos y satisfechos, como lo tengo en lo demás. [75] Aparece en este primer discurso ya de manera evidente el carácter fascinante de Lidia, como mujer reflexiva y resuelta, completamente autosuficiente a pesar de su juventud.

La camarera dijo que lo haría encantada, y apenas le pareció el momento y el lugar, llevando a Pirro aparte, le dio el mensaje de su señora lo mejor que supo. Pirro, al oírlo, se asombró mucho, pues nunca había advertido nada, y sospechó que la señora hacía aquello para probarlo, por lo que súbita y ásperamente respondió:

—Lusca, no puedo creer que esas palabras vengan de mi señora, así que ten cuidado con lo que dices. E incluso si viniesen de ella, no creo que te las haga decir sinceramente. Y aunque te las hiciese decir sinceramente, mi señor me honra más de lo que merezco, y yo, por mi vida, no le haría semejante ultraje, así que procura no hablarme más de esas cosas.

Lusca, sin turbarse por sus severas palabras, le dijo:

—Pirro, de estas y de cualquier otra cosa que me imponga mi señora te hablaré cuantas veces ella me lo ordene, tanto si te gusta como si no; ¡pero tú eres una bestia!

Y algo irritada por las palabras de Pirro, volvió junto a su señora, quien, al oírla, deseó morir.

Algún día después volvió a hablar a la camarera y le dijo:

—Lusca, sabes que la encina no cae al primer golpe, por lo que me parece conveniente que vuelvas a aquel que, extrañamente, quiere volverse fiel en mi perjuicio,[76] y, buscando el momento oportuno, muéstrale por completo mi ardor, e ingéniatelas en todo para hacer que la cosa se lleve a cabo, porque, si esto quedase así, yo me moriría y él creería haber sido burlado, y así, buscando su amor conseguiríamos su odio.[77]

[76] Fiel a su señor para perjudicarme (no aceptando mi amor). [77] Si Lidia no insiste, Pirro puede pensar que no era sincera, sino que se trataba sólo de una burla, y terminaría odiándola.

La camarera reconfortó a la señora, y buscando a Pirro lo encontró alegre y bien dispuesto, y así le dijo:

—Pirro, hace pocos días te manifesté el gran fuego en que arde tu señora y mía por el amor que te profesa, y ahora de nuevo te lo certifico, hasta el punto de que, si tú mantienes la dureza que mostraste el otro día, estate seguro de que ella vivirá poco. Por ello te ruego que quieras satisfacer su deseo; y como continúes en tu dura obstinación, igual que te tenía por muy sabio, te tendré por un tontorrón. ¿Qué gloria mayor te puede suceder que el que una señora como ella, tan hermosa, tan gentil, te ame por encima de cualquier otra cosa? Y además, ¿no eres capaz de reconocer cuánto estás obligado con la fortuna, si piensas que ella te ha deparado una cosa tal que se adapta a los deseos de tu juventud y, más aún, semejante refugio a tus necesidades?[78] ¿A quién conoces de tu estado que por medio del placer esté mejor de lo que estarás tú, si eres sabio? ¿A qué otro encontrarás que pueda estar en armas, en caballos, en ropas y en dineros como tú estarás, si quieres concederle tu amor a ella?[79] Abre, pues, tu ánimo a mis palabras y torna en ti; recuerda que no suele ocurrir más de una vez que la fortuna salga al encuentro de uno con el rostro alegre y con los brazos abiertos, y quien entonces no sabe recibirla, después, cuando se encuentre pobre y mendigo, deberá quejarse de sí mismo y no de ella. Y además de esto, no es necesario mantener entre siervos y señores la misma lealtad que entre amigos e iguales; es más, los siervos de-

[78] La fortuna te ha proporcionado algo que se adapta a tus deseos y necesidades juveniles, es decir, la posibilidad de practicar el sexo. [79] Lusca apela tanto a la posibilidad del placer como al interés material.

ben tratar, en lo que pueden, tal y como a ellos los tratan: ¿y crees tú que si tuvieses una mujer o madre o hija o hermana hermosa que gustase a Nicóstrato, que él iría preocupándose de la lealtad que tú le quieres mantener con su esposa? Necio eres si lo crees: ten por cierto que si los halagos y los ruegos no bastasen, sin pensar en tu parecer, él emplearía la fuerza. Tratémosles, pues, a ellos y a sus cosas tal y como ellos nos tratan las nuestras y a nosotros.[80] Usa el beneficio de la fortuna: no la expulses, sal a su encuentro y recíbela cuando llegue, pues es seguro que si no lo haces, aparte de la muerte que sin duda le seguirá a tu señora, te arrepentirás tantas veces que tú también querrás morir.

Pirro, quien había reflexionado a menudo sobre las palabras que le había dicho Lusca, había decidido que, si ella volvía, le daría otra respuesta y se dispondría por completo a complacer a su señora, si pudiese asegurarse de que no lo estaban poniendo a prueba. Y por ello respondió:

—Mira, Lusca, reconozco que es cierto todo lo que me dices, pero, por otra parte, sé que mi señor es muy sabio y precavido, y como me confía todos sus asuntos, mucho me temo que Lidia, por consejo y voluntad de él, haga esto sólo para tentarme, y por eso, si para asegurarme hace tres cosas que le voy a pedir, ten por cierto que nada me ordenará después que yo no haga rápidamente. Y las tres cosas que quiero son estas: primero, que en presencia de Nicóstrato ella mate a su valioso gavilán; luego, que me mande un mechón de la

[80] La relación entre señores y criados es, como se ve, mucho más parecida a la de una obra como *La Celestina*, ciento cincuenta años posterior, que a obras castellanas contemporáneas del *Decamerón*, mucho más medievales.

barba de Nicóstrato, y por último uno de sus dientes más sanos.[81]

Estas cosas le parecieron duras a Lusca, y muy duras a su señora, pero no obstante Amor, que es buen consuelo y gran maestro de consejos, la hizo decidir hacerlo, y con su camarera le mandó el mensaje de que lo que había solicitado lo haría completamente y pronto, y además, como él consideraba a Nicóstrato tan sabio, dijo que en presencia suya se solazaría con Pirro[82] y le haría creer a Nicóstrato que no era verdad.

Entonces Pirro empezó a esperar lo que haría la gentil señora, la cual, pocos días después, en un gran banquete que Nicóstrato daba a algunos gentileshombres, como acostumbraba a hacer a menudo, una vez levantadas las mesas, salió de su alcoba vestida con un manto de terciopelo verde y fue a la sala donde ellos estaban; y a la vista de Pirro y todos los demás, se dirigió a la vara sobre la que se encontraba el gavilán que Nicóstrato tanto apreciaba,[83] y soltándolo como si quisiese ponérselo en la mano, lo cogió por las pihuelas, lo golpeó contra la pared y lo mató.

Y cuando Nicóstrato le gritó: «¡Ay, señora, ¿qué has hecho?», nada le respondió sino que, girándose hacia los gentileshombres que habían comido con él, dijo:

—Señores, mal tomaría venganza de un rey que me hubiese hecho un desaire si no tuviese la valentía de tomarla de un gavilán. Debéis saber que este pájaro me

[81] Las vejaciones al marido como pruebas para el amante constituyen un motivo tradicional de los *fabliaux* medievales. En manos de Boccaccio, servirán para crear un *crescendo* magistral, en el que la personalidad de Lidia se irá agrandando progresivamente. [82] Se darían placer. [83] Las aves de caza eran un bien muy apreciado y una marca de estatus social.

ha quitado durante mucho tiempo toda la atención que los hombres deben dedicar al placer de las señoras; porque, apenas aparece la aurora, ya Nicóstrato se ha levantado y ha salido a caballo hacia las llanuras abiertas con su gavilán en la mano a verlo volar. Y yo, tal como me veis, me he quedado sola y descontenta en el lecho, y por ello he tenido a menudo ganas de hacer lo que ahora he hecho, y no me ha retenido otra razón sino la de esperar a hacerlo en presencia de hombres que fuesen justos jueces de mi querella, como creo que lo seréis vosotros.[84]

Los gentileshombres que la oían, creyendo que su afecto por Nicóstrato no era otro que el que reflejaban sus palabras, riendo todos y dirigiéndose a Nicóstrato, empezaron a decirle:

—¡Hay que ver, qué bien ha hecho la señora vengando su agravio con la muerte del gavilán!

Y con diversas bromas sobre el asunto, cuando la señora hubo regresado a su alcoba, convirtieron en risas el enfado de Nicóstrato.

Pirro, al ver esto, se dijo a sí mismo:

—Buen principio ha dado la señora a mis felices amores: ¡quiera Dios que persevere!

Muerto, pues, el gavilán a manos de Lidia, no pasaron muchos días cuando, estando en su alcoba con Nicóstrato, empezó a bromear con él mientras lo acariciaba, y al tirarle él un poco del pelo como jugando, le dio ocasión de llevar a cabo la segunda cosa pedida por Pirro: así que, cogiéndole rápidamente un ricito de la bar-

[84] Nótese la ironía de que, en el fondo, Lidia está desvelando —aunque por medios indirectos— la auténtica causa de la muerte del gavilán: la poca satisfacción sexual que le proporciona su marido.

ba y riendo, le tiró tan fuerte que se lo arrancó todo de la barbilla.[85] Y ante las quejas de Nicóstrato, ella dijo:

—¿Qué te pasa ahora, que pones esa cara porque te he quitado unos seis pelos de la barba? ¡Has sentido lo mismo que yo cuando hace poco me has tirado del pelo!

Y así, de una palabra en otra, continuando su diversión, la señora guardó cautamente el mechón de la barba que le había arrancado y ese mismo día se lo mandó a su querido amante.

Para la tercera cosa, la señora se lo pensó más, pero no obstante, como tenía un gran ingenio y el amor se lo aguzaba, se le ocurrió el modo en que debía llevarla a cabo. Y como Nicóstrato tenía a dos muchachos que le habían dejado sus padres para que, como eran gentileshombres, adquiriesen buenas costumbres en su casa, de los cuales, cuando Nicóstrato comía, uno le trinchaba y el otro le escanciaba,[86] tras hacerlos llamar a ambos les hizo notar que la boca les olía mal y les instruyó para que, cuando sirviesen a Nicóstrato, sin decir nada a nadie echasen atrás la cabeza lo más que pudiesen. Los jóvenes, creyéndola, empezaron a portarse como la señora les había indicado, por lo que ella le preguntó una vez a Nicóstrato:

—¿Te has dado cuenta de lo que hacen estos muchachos cuando te sirven?

—Desde luego que sí —dijo Nicóstrato—, incluso he estado a punto de preguntarles por qué lo hacían.

[85] El tirar a un hombre de la barba era una de las mayores afrentas que se le podían hacer.

[86] El trinchador y el escanciador eran dos cargos, con rango de maestresala, que podían, por su dignidad, ser reservados a jóvenes aristócratas.

—No lo hagas —repuso la señora—, que ya te lo digo yo, pues no te lo he dicho durante mucho tiempo para no disgustarte, pero ahora que me doy cuenta de que otros empiezan a percibirlo, no hay que ocultártelo más. Esto no te sucede sino porque la boca te huele terriblemente, y no sé cuál sea la razón de ello, pues antes no te ocurría; y esto es algo muy desagradable, cuando uno tiene que tratar con gentileshombres como tú haces, y por eso habría que ver cómo curarlo.

—¿Qué podrá ser? —dijo entonces Nicóstrato— ¿Tendré en la boca alguna muela dañada?

—Quizás sí —repuso Lidia.

Y llevándolo a una ventana, le hizo abrir la boca, y tras mirar un lado y otro, dijo:

—Oh, Nicóstrato, ¿cómo puedes haberlo soportado tanto? Tienes una en este lado que, a lo que me parece, no sólo está picada sino toda podrida, y seguro que si la sigues dejando en la boca, te estropeará las de al lado: yo te aconsejaría que te la quitases antes de que el daño vaya a más.

—Ya que así te parece —dijo entonces Nicóstrato—, pues estoy de acuerdo: mándese sin más demora por un médico que me la saque.

—No quiera Dios que venga un médico para esto —contestó la señora—: me parece que está de manera que sin ningún médico yo misma te la sacaré perfectamente. Y además, estos médicos son tan crueles haciendo estos servicios, que mi corazón no soportaría en ningún modo verte u oírte en manos de alguno; por ello estoy resuelta a hacértelo yo misma, pues al menos, si te duele demasiado, te dejaré enseguida, cosa que el médico no haría.

Así, pues, haciendo traer los hierros para semejante servicio y echando a todos fuera de la alcoba, mantuvo consigo solamente a Lusca, y una vez encerrados dentro, hicieron tenderse a Nicóstrato sobre una mesa, y metiéndole las tenazas en la boca y cogiéndole una de sus muelas, por mucho que él gritase, mientras una lo sujetaba firmemente, la otra le sacó la muela a viva fuerza; y guardándosela y tomando otra horriblemente picada que Lidia tenía en la mano, se la mostraron a él, dolorido y casi medio muerto, diciéndole:

—Mira lo que has tenido en la boca desde hace mucho.

Él, creyéndoselo, aunque hubiera soportado un grandísimo dolor y se quejase mucho, como ya estaba fuera, le pareció estar curado; y reconfortado con ambas razones, y aliviado el dolor, salió de la alcoba. La señora, cogiendo la muela, se la envió inmediatamente a su amante, el cual, ya seguro de su amor, se ofreció dispuesto a todos sus deseos.

La señora, deseosa de que estuviese más seguro, y como cada hora sin él le parecían mil, queriendo cumplir lo que le había prometido, un día en que después de comer la visitaba Nicóstrato, al no ver con él a nadie más que a Pirro, poniendo cara de enferma le rogó que para aliviar su malestar tuviesen a bien ayudarla a ir hasta el jardín. Así que, tomándola Nicóstrato de un lado y Pirro del otro, la llevaron al jardín y en un pradito al pie de un hermoso peral la dejaron; y después de estar un rato allí, la señora, que ya había hecho informar a Pirro de lo que debía hacer, le dijo:

—Pirro, me gustaría mucho tener una de esas peras, así que súbete arriba y tira unas cuantas.

Pirro, subiendo rápidamente, se puso a tirar peras y mientras las tiraba empezó a decir:

—Eh, mi señor, ¿qué es eso que hacéis? Y vos, mi señora, ¿cómo no os avergonzáis de soportarlo en mi presencia? ¿Creéis que estoy ciego? Hace un momento estabais muy enferma: ¿cómo os habéis curado tan pronto, que hacéis tales cosas? Y si las queréis hacer, tenéis unas hermosas alcobas: ¿por qué no vais a hacer esas cosas a alguna de ellas? ¡Será más honesto que hacerlo en mi presencia!

—¿Qué dice Pirro? —dijo la señora volviéndose al marido— ¿Está delirando?

—No deliro, no, mi señora —dijo entonces Pirro— ¿Creéis que no os veo?

—Pirro —dijo Nicóstrato muy asombrado—, realmente creo que estás soñando.

—Señor mío —respondió Pirro—, no sueño para nada, ni vosotros soñáis tampoco; más bien os meneáis[87] tan bien que si este peral se menease así, no le quedaría ni una pera.

—¿Qué puede estar pasando? —dijo entonces la señora— ¿Podría ser cierto que le pareciese verdad lo que dice? Que Dios me proteja, que si yo estuviese sana como lo estaba antes subiría a ver qué maravillas son esas que este dice que ve.

Pirro, desde encima del peral, seguía hablando y continuaba con el mismo discurso, hasta que Nicóstrato le dijo:

—Baja.

Y bajó, y él le dijo:

—¿Qué dices que ves?

[87] El verbo *menearse* se usa tradicionalmente en modo equívoco con sentido sexual.

—Creo —dijo Pirro— que me tomáis por memo o por alucinado: pues ya que tengo que decirlo, os veía encima de vuestra señora, y después, al bajar, os vi levantaros y poneros ahí donde estáis sentado.

—Decididamente —dijo Nicóstrato—, sufrías una ensoñación, pues desde que subiste al peral nosotros no nos hemos movido un ápice de como nos ves.

—¿Por qué estamos discutiendo? —repuso Pirro— Yo desde luego os he visto, y si os he visto, os he visto encima de lo vuestro.

Nicóstrato cada vez se asombraba más, hasta el punto de decir:

—Quiero ver bien si este peral está encantado y si ve maravillas quien está arriba.

Y subió, y apenas estuvo arriba, la señora y Pirro empezaron a solazarse, viendo lo cual Nicóstrato se puso a gritar:

—¡Ay, mala mujer!, ¿qué estás haciendo? ¿Y tú, Pirro, en quien yo confiaba?

Y así diciendo, empezó a bajar del peral.

La señora y Pirro decían:

—Pero si estamos aquí sentados.

Y al verlo descender volvieron a sentarse de la misma manera en que los había dejado. En cuanto Nicóstrato estuvo abajo y los vio donde los había dejado, se puso a insultarles, ante lo que Pirro dijo:

—Nicóstrato, ahora confieso que, verdaderamente, como decíais antes, yo veía falsamente mientras estaba encima del peral. Y no me doy cuenta si no por esto: que yo veo y sé que habéis visto falsamente. Y que yo os digo la verdad, os lo demostrará simplemente el reflexionar y pensar a cuento de qué vuestra señora, que es honestísima y más discreta que ninguna, si quisiese ultrajaros así, se pondría a hacerlo ante vuestros propios ojos. Y de mí mismo no quiero ni hablar, que me dejaría descuartizar antes siquiera que pensarlo, ya no llegar a hacerlo en vuestra presencia. Así que la culpa de este ver más allá debe proceder del peral,[88] pues nada en el mundo me habría disuadido de que hubieseis yacido carnalmente aquí con vuestra señora, si no os hubiese oído decir que os había parecido que yo estaba haciendo algo que sé segurísimo que no lo pensaba, y mucho menos lo haría jamás.

Después, la señora, que como muy enfadada se había puesto en pie, empezó a decir:

—Sea con mala ventura, si tú me tienes por tan poco juiciosa que, si quisiese ocuparme de esas vilezas que dices que veías, fuese a hacerlas delante de tus ojos. Estate seguro de que, si alguna vez me viniese en gana, no vendría aquí sino que me creería capaz de estar en una de nuestras alcobas de forma y manera que me parecería muy extraño que tú llegases a saberlo alguna vez.

Nicóstrato, a quien le parecía verdad lo que decían uno y otro, que ellos nunca se habrían dejado llevar a tal acción allí delante de él, dejando estar por eso las palabras y las reprimendas, se puso a comentar la novedad del caso y del milagro de la vista que se le cambiaba así a quien se subía al peral.

Pero la señora, que se mostraba enfadada por la opinión que Nicóstrato mostraba haber tenido de ella, dijo:

—Verdaderamente, este peral no me avergonzará

[88] También es folclórico el motivo del peral encantado, que volveremos a encontrar en otro relato más adelante. En este cuento, sirve como burla de quienes, con una concepción sacralizada, creen en visiones, sueños, apariciones, etc.

nunca más, ni a mí ni a otra señora, si está en mi poder: por ello, Pirro, corre y ve a traer un hacha y vénganos a la vez a ti y a mí cortándolo, aunque mucho mejor sería darle con ella en la cabeza a Nicóstrato, quien sin consideración alguna se dejó ofuscar tan pronto los ojos del entendimiento: porque, aunque a los que tú tienes[89] en la cara les pareciese lo que dices, por nada deberías creer o admitir en el juicio de tu mente que fuese así.[90]

Pirro fue rapidísimo por el hacha y cortó el peral; y la señora, en cuanto lo vio caído, dijo a Nicóstrato:

—Después de ver abatido el enemigo de mi honestidad, mi ira ha desaparecido.

Y a Nicóstrato, que se lo rogaba, lo perdonó benévolamente, ordenándole que nunca más se le ocurriese suponer de ella, que más que a sí misma lo amaba, semejante cosa.

Así, el mísero marido, burlado, junto con ella y con su amante, se volvieron al palacio, en donde luego con más comodidad tomaron muchas veces placer y deleite Pirro de Lidia y ella de él. Que Dios nos los dé a nosotros.

[89] Lidia se dirige ahora a Nicóstrato. [90] Se establece una contraposición burlesca entre lo que los ojos ven (la mirada literal) y lo que la mente abstractamente reflexiona: la reflexión abstracta lleva al engaño, mientras que los ojos ven la verdad, aunque Lidia, irónicamente, presente la situación completamente invertida.

El mercader de Venecia
Giovanni Fiorentino
[hacia 1380]

El cuento que la tradición titula *El mercader de Venecia* pertenece, en su primera formulación moderna, a un libro de relatos italiano de tradición boccaccesca denominado *Il pecorone* (*El borrego*) y de cuyo autor sólo conocemos el nombre: Ser Giovanni Fiorentino o Ser Giovanni Pecorone. Escrito entre 1378 y 1385 siguiendo la estela del enorme éxito del *Decamerón* en los ambientes urbanos mercantiles, consta de cincuenta relatos que un joven fraile llamado Auretto y una joven monja de nombre Saturnina —quienes, profundamente enamorados el uno del otro, se encuentran en el locutorio del monasterio de Forlì— se narran, a razón de un cuento cada uno por día, para su consuelo y diversión.

Este relato es la fuente directa de la célebre obra de Shakespeare del mismo título (de 1594 ó 1596), y aunque en su mayor parte responde a esquemas tradicionales corteses (la prueba del enamorado), la escena que constituye su desenlace permite incluirlo también entre los relatos de burlas y donaires de la tradición satírico-burlesca.

EL MERCADER DE VENECIA

El cuarto día, retornados los dos amantes al habitual locutorio, con mucha reverencia se saludaron, y tomándose de las manos y sentándose, comenzó Saturnina diciendo: «Te contaré un cuento que será rey y señor de todos los que hemos contado».

Y reza así:

Hubo una vez en Florencia, en casa de los Scali, un mercader llamado Bindo que había estado muchas veces en Tana[91] y en Alejandría,[92] y en todos esos grandes viajes que se hacen con mercancías. Este Bindo era muy rico y tenía tres hijos varones ya crecidos, y cuando llegó su última hora, llamó al mayor y al mediano y en su presencia hizo testamento, y los dejó herederos de cuanto tenía en el mundo, sin dejar nada al menor.

[91] Tanais, ciudad fundada por los griegos en la desembocadura del río Don hacia el siglo III a. C. De sus ruinas surgió la ciudad de Azov. [92] Ciudad de la costa mediterránea de Egipto, de gran esplendor comercial en la antigüedad.

Y una vez que hubo hecho testamento así, el hijo menor, que se llamaba Giannetto,[93] enterado de ello, fue a su lecho y le dijo:

—Padre mío, mucho me asombra lo que habéis hecho, que no os hayáis acordado de mí en vuestro testamento.

—Giannetto mío —respondió el padre—, no hay criatura en el mundo a quien quiera más que a ti, y por ello no quiero que tras mi muerte te quedes aquí. Quiero por el contrario que, una vez muerto yo, vayas a Venecia a buscar a tu padrino Ansaldo, que no tiene hijos y me ha escrito muchas veces que te mande con él. Debo decirte que es el más rico mercader que hay hoy entre los cristianos, y por ello quiero que, cuando yo muera, vayas junto a él y le lleves esta carta, y si sabes comportarte llegarás a ser un hombre rico.[94]

—Padre mío —dijo el hijo—, estoy dispuesto a hacer lo que me ordenáis.

El padre le dio su bendición y a los pocos días murió. Todos los hijos le lloraron mucho y rindieron al cuerpo los honores debidos. A los pocos días, los dos hermanos llamaron a Giannetto y le dijeron:

—Hermano, cierto es que nuestro padre hizo testamento y nos dejó herederos a nosotros y de ti no hizo mención alguna. Sin embargo, tú eres nuestro hermano y nada te faltará mientras no nos falte a nosotros.

—Hermanos míos —respondió Giannetto—, os agradezco vuestro ofrecimiento, pero tengo la intención de ir a buscar fortuna por el mundo. Esta es mi decisión, así que guardad vosotros la herencia firmada y bendita.

[93] Hipocorístico de Giovanni (Juan). [94] Primer motivo tradicional: el hermano menor desheredado que tiene que lanzarse a difíciles pruebas.

Los hermanos, viendo su voluntad, le dieron un caballo y dinero para sus gastos. Giannetto se despidió de ellos y se marchó a Venecia,[95] donde llegó al almacén de micer Ansaldo y le entregó la carta que su padre le había dado antes de morir. Micer Ansaldo, al leer esta carta, supo que Giannetto era el hijo de su queridísimo Bindo, y apenas terminó de leerla, al punto lo abrazó diciendo:

—Bienvenido sea el ahijado a quien tanto deseaba conocer.

E inmediatamente le pidió noticias de Bindo. Giannetto le respondió que había muerto, ante lo cual él con muchas lágrimas lo abrazó y lo besó, diciéndole:

—Aunque mucho me duele la muerte de Bindo, pues él me ayudó a ganar gran parte de lo que tengo, es tanta la alegría que siento por tu llegada que mitiga ese dolor.

Lo hizo conducir a casa, y ordenó a sus agentes, socios, servidores y criados, y a todos cuantos pertenecían a su casa que obedeciesen y sirviesen a Giannetto mejor y antes que a su propia persona. Y le entregó las llaves de todos sus dineros, diciéndole:

—Hijo mío, todo lo que hay aquí es tuyo: gasta, viste y calza de ahora en adelante como gustes. Invita a comer a la gente importante y date a conocer. Te doy esta ocupación, así que más te querré cuanto más te hagas valer.

Giannetto empezó a frecuentar a los gentileshombres de Venecia, a ofrecer cenas y comidas, hacer regalos, tomar gente a su servicio, comprar buenos caballos, participar en justas y torneos, como hombre experto, prácti-

95 Venecia era en aquel momento la capital de una república comercial de las más importantes de Europa, por su estratégica situación geográfica, entre Oriente y Occidente.

co, magnánimo y cortés en todo.[96] Y sabía usar bien del honor y de la cortesía cuando era oportuno, y siempre mostraba respeto a micer Ansaldo, cien veces más que si fuese su padre. Supo, en fin, comportarse tan gentilmente con todo tipo de gente que casi toda la vecindad de Venecia lo apreciaba, viéndolo tan sabio y amable, y cortés sobremanera, hasta el punto de que tanto hombres como mujeres lo adoraban, y micer Ansaldo bebía los vientos por él de tanto como le gustaban sus actos y sus modales. Y prácticamente no se hacía fiesta alguna a la que no fuese invitado, tanto lo querían todos.

Sucedió entonces que dos queridos compañeros suyos deseaban ir a Alejandría con dos naves de mercancías, como solían hacer cada año, y le dijeron a Giannetto si quería como esparcimiento ir con ellos a ver mundo, sobre todo Damasco[97] y su región.

—A fe mía —respondió Giannetto— que yo iría de muy buena gana si mi padre micer Ansaldo me diese permiso.

—Nosotros haremos que te lo conceda y quede contento —dijeron ellos.

Y al instante fueron a ver a micer Ansaldo y le dijeron:

—Queríamos pediros que concedáis permiso a Giannetto para venir esta primavera con nosotros a Alejandría, y que le proporcionéis un buque o alguna otra nave para que vea un poco de mundo.

[96] Nótense las virtudes exigidas a todo buen mercader: sentido práctico, por un lado, y generosidad y buena educación —como marca de clase—, por otro. Sin embargo, el comportamiento posterior de Gianneto pondrá en duda la primera de estas virtudes, aunque siempre sabrá comportarse perfectamente en los ambientes mercantiles en los que se desenvuelve el relato. [97] Actual capital de Siria, en el cercano Oriente.

—Lo haré gustoso si él está de acuerdo —dijo micer Ansaldo.

—Sí que lo está, mi señor —respondieron ellos.

Al punto micer Ansaldo hizo aparejar una hermosísima nave, la cargó de muchas mercancías y la proveyó de las banderas y armas que necesitaba. Y cuando estuvo preparada, micer Ansaldo ordenó al patrón y a todos los demás que servían en ella que hiciesen cuanto Giannetto les mandase y que lo protegiesen:

—Pues no lo envío porque quiera que obtenga ganancias —añadía—, sino para que vaya según su gusto a ver el mundo.

Así, cuando Giannetto iba a embarcarse, toda Venecia acudió a verlo, pues desde hacía mucho tiempo no salía de Venecia una nave tan hermosa y tan bien equipada como aquella, y todos lamentaban su partida. Se despidió de micer Ansaldo y de todos sus compañeros, y se hicieron a la mar, izando las velas con rumbo a Alejandría, confiados en Dios y en la buena ventura.[98]

Los tres compañeros navegaron días y días en sus tres naves, hasta que una mañana, antes de hacerse de día, Giannetto vio una ensenada con un hermosísimo puerto, y preguntó al patrón cómo se llamaba.

—Mi señor —respondió el patrón—, ese puerto es de una noble viuda que ha llevado a la ruina a muchos señores.

—¿Cómo? —preguntó Giannetto.

—Señor, la verdad es que es una dama hermosa y seductora, y ha impuesto la ley de que quien llegue allí tie-

[98] No se debe olvidar que en aquellos tiempos los viajes comerciales eran extremadamente peligrosos.

ne que dormir con ella, y si consigue gozar de ella,[99] debe tomarla por esposa, convirtiéndose así en señor de todo el país, pero si no lo consigue, pierde todo cuanto posee.[100]

Giannetto reflexionó un poco y luego dijo:

—Encontrad como queráis el modo de desembarcarme en ese puerto.

—Pero señor —dijo el patrón—, pensad lo que decís, que muchos señores han ido allí, y han quedado arruinados y muertos.

—No os preocupéis —dijo Giannetto—, y haced lo que os digo.

Y así lo hicieron, virando al instante la nave y adentrándose en el puerto, sin que los compañeros de las otras naves lo advirtiesen.

Por la mañana se difundió la noticia de que una bellísima nave había llegado al puerto, y todo el mundo acudió a verla. De inmediato se informó a la señora, quien mandó a buscar a Giannetto. Este se dirigió en el acto a su presencia y con mucha reverencia la saludó. Ella lo tomó de la mano y le preguntó quién era y de dónde, y si sabía las costumbres del país. Respondió Giannetto que sí y que precisamente por eso había ido.

—Sed, pues, cien veces bienvenido —dijo ella.

Y así durante todo aquel día le rindió grandísimos honores, e invitó a muchos hombres principales y condes y caballeros que estaban a sus órdenes para que le hiciesen compañía, y a todos estos gentileshombres les gustaron los modales del joven, pues tan educado, agradable y

[99] Hacer el amor con ella. [100] Segundo motivo tradicional: las pruebas a que es sometido el enamorado para alcanzar un reino u otras riquezas.

buen conversador era que agradó a todos. Y todo el día se bailó y se cantó, y se hizo fiesta en la corte en honor de Giannetto, y todos habrían querido tenerlo por señor.

Cuando hubo llegado la noche, la señora lo tomó por la mano y lo llevó a su alcoba, diciéndole:

—Creo que es hora de ir al lecho.

—Señora —dijo Giannetto—, soy todo vuestro.

Entonces, entraron en la estancia dos damas, una con vino y otra con dulces.

—Como sé que tenéis sed —dijo la señora—, bebed.

Giannetto tomó unos dulces y bebió aquel vino, que estaba preparado para hacer dormir, y, como no lo sabía, tomó media copa, pues lo encontró bueno, y tras ello se desnudó y se fue a a la cama, y apenas se hubo acostado, se durmió. La señora se acostó a su lado y él no se despertó hasta bien entrada la mañana, por lo que ella, en cuanto se hizo de día, se levantó e hizo descargar la nave, y la encontró llena de ricas y buenas mercancías. A media mañana, el ayuda de cámara de la señora fue a buscarlo al lecho y lo hizo levantar, diciéndole que se fuese con Dios porque había perdido la nave y lo que en ella había, por lo que él se avergonzó y le pareció haber obrado mal. La señora mandó que le diesen dinero para sus gastos y un caballo, y Giannetto cabalgó triste y afligido hasta Venecia.

Llegado a Venecia, por vergüenza no quiso parar en casa de micer Ansaldo, sino que de noche fue a casa de un compañero suyo, quien, al verlo, le dijo sorprendido:

—Giannetto, ¿qué significa esto?

—Una noche —respondió—, mi nave fue a dar contra un escollo y todo se rompió e hizo pedazos, y cada cual corrió aquí y allá. Yo me aferré a un trozo de madera que me llevó a la orilla, y así he podido venir por tierra hasta aquí.

Giannetto estuvo algunos días sin salir de casa de su compañero, hasta que un día este fue a visitar a micer Ansaldo y lo encontró muy melancólico.

—¿Qué tenéis, señor —le dijo—, que estáis tan melancólico?

—Tengo gran temor —dijo micer Ansaldo— de que mi ahijado esté muerto o el mar le haga daño, y no encuentro paz ni disfruto el día en que no lo veo, tan grande es el amor que le profeso.

—Mi señor —dijo el joven—, yo os puedo dar noticias de él: ha sufrido un naufragio y ha perdido todo, pero ha conseguido salvarse.

—¡Alabado sea Dios! —dijo micer Ansaldo—, con tal de que se haya salvado estoy feliz, y lo que he perdido no me preocupa.

De inmediato se levantó y quiso ir a verlo, y, cuando lo vio, corrió a abrazarlo y le dijo:

—Hijo mío, no debes avergonzarte delante de mí, pues es normal que las naves se pierdan en el mar, y por eso, hijo mío, no te atormentes. Puesto que tú no has sufrido daño, yo estoy contento.

Y lo llevó consigo a su casa, consolándolo sin cesar. La noticia se difundió por toda Venecia, y todos se dolían de la pérdida que había sufrido Giannetto.

Poco tiempo después, sus compañeros volvieron de Alejandría muy ricos, y, apenas llegados, preguntaron por Giannetto y les contaron todo, por lo que de inmediato corrieron a abrazarlo, diciéndole:

—¿Cómo desapareciste o adónde fuiste, que nosotros no pudimos tener noticia alguna de ti? Durante todo aquel día volvimos atrás, y no fuimos capaces de verte ni de saber adónde habías ido. Y ello nos ha provocado tanto dolor que durante todo el viaje no hemos podido estar alegres ni un momento, pensando que habías muerto.

—Se levantó un fuerte viento en una ensenada —respondió Giannetto— y llevó mi nave de golpe a chocar contra un escollo cercano a la tierra. Yo me salvé de milagro, pero todo se perdió.

Esta fue la excusa que Giannetto les dio para ocultar su error, y juntos lo celebraron en grande, agradeciendo a Dios su salvación.

—La próxima primavera —dijeron— ganaremos, con la gracia de Dios, lo que has perdido esta vez, y mientras tanto ocupémonos en pasarlo bien sin melancolía alguna.

Y así se entregaron a la diversión y a la buena vida, como acostumbraban a hacer antes.

Sin embargo, Giannetto no hacía más que pensar en cómo conseguir volver adonde aquella señora, haciendo cábalas y diciéndose: «Es necesario que la tenga por esposa, o me moriré»; y apenas sí podía divertirse. Micer Ansaldo le decía a menudo:

—Hijo mío, no estés tan triste, que tenemos tanta riqueza que podemos vivir muy bien.

—Mi señor —respondió Giannetto—, no estaré contento hasta que no pueda volver a hacer ese viaje.

Así las cosas, viendo micer Ansaldo su voluntad, llegada la época le proporcionó una nave de mucho más valor y con muchas más mercancías que la primera. Y se empezó a construir con tanta antelación que, a su debido tiempo, la nave estaba preparada y provista, y en ello gastó gran parte de lo que poseía. Los compañeros, cuando hubieron preparado sus propias naves con todo lo necesario, se hicieron a la mar y pusieron proa a su destino.

Pasaron muchos días de navegación, y Giannetto no dejaba de estar atento para descubrir el puerto de aquella dama, que se llamaba el puerto de la Dama de Belmonte. Y llegado cierta noche a su entrada, que estaba en una ensenada, Giannetto lo reconoció inmediatamente, hizo volver las velas y el timón, y atracó en él.

La señora, al levantarse por la mañana, miró abajo al puerto y vio agitarse al viento las banderas de la nave, y habiéndolas reconocido de inmediato, llamó a una de sus criadas y le dijo:

— ¿Conoces esas banderas?

—Mi señora —dijo la criada—, parecen las enseñas de aquel joven que llegó hace un año, y nos trajo tanta riqueza con sus mercancías.

—Seguro que dices la verdad —dijo la señora—, y realmente se trata de un personaje de alcurnia, y debe de estar enamorado de mí, pues jamás he visto a nadie que haya venido aquí más de una vez.

—Yo no he visto nunca un hombre más cortés y gentil que él —dijo la criada.

La señora envió a su encuentro gran número de donceles y escuderos, que se le acercaron con gran celebración, y él, alegre, a todos respondía festivamente, y así llegó a presencia de la señora. Cuando ella lo vio, lo abrazó con gran regocijo y alegría, y él, con mucha reverencia, también la abrazó. Y así estuvieron todo aquel día de fiesta y celebración, pues la señora invitó a muchos nobles y damas, los cuales, por cariño a Giannetto, acudieron a la corte a festejar. A todos los nobles les apenaba, pues gustosamente lo habrían querido por señor a causa de su amabilidad y cortesía, y todas las damas estaban enamoradas de él, viendo con qué mesura conducía la danza, y que su rostro estaba siempre alegre, por lo que todos pensaban que era hijo de un gran señor.

Llegada la hora de ir a dormir, la señora tomó a Giannetto de la mano y le dijo:

—Vamos a descansar.

Fueron a la alcoba y se sentaron, y entonces llegaron dos doncellas con vino y dulces, y ellos bebieron y comieron, y luego se fueron a la cama. Y tan pronto como se hubo acostado, Giannetto se durmió, y la señora se desnudó y se acostó a su lado, y, en resumidas cuentas, él no se despertó en toda la noche. Cuando llegó la mañana, la señora se levantó y de inmediato mandó descargar la nave. Y cuando, ya pasadas las nueve, Giannetto se despertó y vio que la mañana estaba ya avanzada, se levantó lleno de vergüenza. Y así, le dieron un caballo y dinero para gastos, y al instante partió triste y dolorido, y no paró hasta que llegó a Venecia. Aprovechando la noche, fue a casa de su compañero, quien, al verlo, mostró el mayor asombro del mundo, y le dijo:

—Oh, ¿qué significa esto?

—Mi desgracia —respondió Giannetto—. ¡Maldita sea la suerte que me hizo venir a este país!

—En verdad que la puedes maldecir —dijo su compañero—, pues has arruinado a micer Ansaldo, que era el mayor y más rico mercader que hubiese entre cristianos, y peor es la vergüenza que el daño.

Y así estuvo escondido muchos días en casa de este amigo suyo, sin saber qué hacer ni qué decir, y a punto estuvo de volverse a Florencia sin decir nada a micer Ansaldo. Sin embargo, finalmente decidió ir a verlo, y así lo hizo.

Cuando micer Ansaldo lo vio, se levantó de un salto y corrió a abrazarlo, diciéndole:

—Bienvenido sea mi hijo.

Y Giannetto, llorando, se abrazó a él.

—¿Sabes ya lo que significas para mí? —dijo micer Ansaldo—. No te entregues a la melancolía. Con tal de haberte recuperado, estoy contento. Todavía nos queda suficiente para poder vivir tranquilamente.

La noticia de este caso corrió por toda Venecia, y todos decían de micer Ansaldo: «le está bien empleado», pues le fue necesario vender muchas propiedades para pagar a los acreedores que le habían suministrado las mercancías.

Cuando los dos compañeros regresaron ricos, apenas llegados a Venecia, les dijeron cómo había vuelto Giannetto y cómo todo lo había destruido y perdido, ante lo que ellos se asombraron.

—Este es el caso más extraño que jamás se haya visto —dijeron.

Y fueron a ver a micer Ansaldo y a Giannetto, y entre alegres saludos dijeron:

—Señor, no os apesadumbréis, ya que es nuestra intención salir el año próximo a comerciar para vos, pues hemos sido una de las razones de vuestra pérdida, al inducir a Giannetto a venir con nostros la primera vez. Así que no temáis, que mientras tengamos bienes, disponed de ellos como si fuesen vuestros.

Micer Ansaldo lo agradeció, y dijo que aún tenía suficiente para vivir bien.

Giannetto, no obstante, no se quitaba este pensamiento de encima ni de noche ni de día, y no conseguía estar alegre. Micer Ansaldo le preguntaba a menudo qué tenía.

—No podré estar contento —respondía Giannetto—, si no recupero lo que he perdido.

—Hijo mío —decía micer Ansaldo—, no quiero que te vuelvas a ir, porque es mejor que vivamos plácidamente con lo poco que tenemos a que lo vuelvas a arriesgar.

—Estoy resuelto a hacer lo que os he dicho —decía Giannetto—, pues me considero deshonrado mientras continúe en este estado.

Así que, viendo micer Ansaldo su resolución, se dispuso a vender todo lo que tenía para proporcionarle otra nave, hasta que, haciéndolo así, todo lo vendió, y después de equipar una hermosísima nave mercante, no le quedó nada. Y como le faltaban diez mil florines,[101] acudió a un judío de Mestre,[102] quien se los prestó con los siguientes pactos y condiciones: [103] que si no los devolvía entre ese día y el día de San Juan del mes de junio siguiente, el judío le podría quitar una libra[104] de carne de la parte del cuerpo que quisiese. Micer Ansaldo aceptó y el judío hizo redactar este acuerdo en un contrato autentificado con testigos y con las precauciones y solemnidades necesarias para ello, después de lo cual le consignó diez mil florines de oro, con los que micer Ansaldo abasteció a la nave de lo que faltaba, de modo que si las otras dos eran hermosas, esta fue mucho más rica y mejor provista. E igualmente los dos compañeros prepararon otras

[101] Moneda de oro acuñada en Florencia y que se convirtió en la más internacional durante los siglos XII y XIV. [102] *Mestre*: localidad cercana a Venecia, en tierra firme. [103] Tradicionalmente, los judíos hacían la labor de prestamistas y usureros, lo que les acarreó la animadversión de nobles y mercaderes. [104] Alrededor de 300 ó 350 gramos, aunque su valor cambie según la provincia.

dos, con el propósito de que lo que ganasen fuese para Giannetto.

Así, cuando llegó el momento de partir, ya a punto de zarpar, micer Ansaldo dijo a Giannetto:

—Hijo mío, te vas sabiendo cómo quedo de obligado. Sólo te pido un favor: que incluso si te ocurriese una desgracia, tengas a bien venir a verme, para que pueda verte antes de morir y así partir contento.

Giannetto se lo prometió y micer Ansaldo le dio su bendición, y así, tras despedirse, él y sus compañeros emprendieron el viaje.

Durante este, ellos se preocupaban constantemente de la nave de Giannetto, pero Giannetto no dejaba de estar atento para desembarcar en el puerto de Belmonte. Para ello, se confabuló tan bien con uno de sus pilotos que una noche este condujo la nave al puerto de la gentil señora. Por la mañana, cuando aclaró el día, los compañeros de Giannetto miraron en torno y no vieron la nave por ninguna parte.

—Pues sí que es mala fortuna —se dijeron.

Y tomaron la decisión de seguir su camino, más asombrados que por nada en el mundo.

Así pues, cuando la nave llegó al puerto, toda la ciudad acudió a verla, y al oír que Giannetto había regresado, en grado sumo se admiraban.

—En verdad que este debe ser hijo de algún elevadísimo personaje —decían—, para venir cada año con tantas mercancías y tan hermosos navíos. ¡Quiera Dios que llegue a ser nuestro señor!

Giannetto recibía el saludo de todos los ciudadanos, notables y caballeros, de la ciudad, cuando avisaron a la señora de que había llegado. Ella entonces se asomó a la ventana y vio aquella hermosísima nave y reconoció las banderas, por lo que, santiguándose, dijo:

—Sin duda ese es el hombre que ha enriquecido este país.

Y mandó por él. Giannetto llegó junto a ella y se saludaron con muchos abrazos y grandes reverencias, tras lo cual todo el día se pasó en fiestas y alegría, y se celebró en honor de Giannetto un magnífico torneo, en el que tomaron parte muchos notables y caballeros.

Ese día, Gianneto quiso participar también, y a todos maravilló su prestancia a caballo y con las armas, hasta el punto de que todos los hombres principales lo deseaban como señor.

Llegada la noche, en el momento de irse a acostar, la señora tomó a Giannetto de la mano diciéndole:

—Vamos a descansar.

Entonces, cuando se disponían a atravesar el umbral de la alcoba, una sirvienta de la señora, que se compadecía de Giannetto, se aproximó a su oído y le dijo:

—Haz ademán de beber, pero esta noche no bebas.

Giannetto comprendió sus palabras y entró en la alcoba.

—Como sé que tenéis sed —dijo la señora—, quiero que bebáis antes de ir a dormir.

Y al punto, según la costumbre, entraron dos doncellas, que parecían dos ángeles, con vino y dulces, y se pusieron a servirle.

—¿Quién podría negarse a beber de manos de dos doncellas tan bellas? —exclamó Giannetto.

La señora rió y él cogió la copa y, haciendo que bebía, se derramó el vino en el regazo. La señora, creyendo que había bebido, dijo para sí:

—Otra nave tendrás que traer, pues esta ya la has perdido.

Giannetto se metió en la cama, y como se sentía completamente despejado y muy animoso, le parecía que la señora tardaba mil años en ir a su lecho.

—Sin duda esta vez la he atrapado —se dijo—: el glotón piensa de una manera y el tabernero de otra.

Y para que la señora fuese antes a la cama, se puso a roncar y a fingir que dormía.

—Ya estás listo —dijo ella al oírlo.

Y de inmediato se desnudó y se acostó a su lado. Giannetto entonces no esperó un instante, y apenas la señora se metió en la cama, se volvió hacia ella y la abrazó diciendo:

—Por fin poseo lo que tanto he deseado.

Y dicho esto, le otorgó la paz del santísimo matrimonio y en toda la noche no la dejó escapar de sus brazos, con lo que la señora estuvo más que contenta.

Apenas empezada a levantarse la mañana, antes de que fuese completamente de día, ella hizo convocar a todos los principales y caballeros y a muchos de los otros ciudadanos, y les anunció:

—Giannetto es vuestro señor, así que disponeos a celebrarlo.

Ante lo cual, se levantó un súbito griterío:

—¡Viva el señor!

Empezaron a sonar campanas e instrumentos, y se hizo llamar a muchos barones y condes de dentro y fuera de la ciudad para que conocieran a su señor. Entonces empezó una gran fiesta muy hermosa, y cuando Giannetto salió de la alcoba, fue armado caballero y alzado al trono, y se le entregó el cetro y fue aclamado por señor con gran alegría y esplendor.

Más adelante, cuando todos los señores y damas hubieron llegado a la corte, Giannetto desposó a la gentil señora con tanta pompa y tanto júbilo que no se podría describir ni imaginar, por lo que todos los señores y notables del país acudieron a la ciudad a celebrarlo con justas y torneos, danzando, cantando, tocando, y con todo lo que corresponde a una fiesta semejante. Micer Giannetto,[105] como hombre generoso, se puso a regalar paños de seda y otras riquezas que había llevado, y empezó a mostrar su autoridad y hacerse temer, administrando justicia a gentes de toda condición.

Así vivía entre festejos y alegrías, sin acordarse ni preocuparse por el pobre señor Ansaldo, que había quedado empeñado en diez mil florines con aquel judío. Hasta que un día, estando Giannetto asomado a la ventana con su señora, vio pasar por la plaza un grupo de hombres con antorchas en la mano, que se dirigían a hacer ofrendas.

—¿Qué significa eso? —preguntó micer Giannetto.

—Se trata de una compañía de artesanos —respondió la señora— que llevan grandes ofrendas a la iglesia de San Juan, porque hoy es su festividad.

De pronto micer Giannetto se acordó de micer Ansaldo, y exhalando un gran suspiro, se apartó de la ventana y, todo demudado el rostro, se puso a caminar por la sala de aquí para allá muchas veces, reflexionando sobre el asunto. La señora le preguntó qué le pasaba.

—Nada —respondió.

Ella empezó a insistirle, diciendo:

—Ciertamente algo os pasa, y no me lo queréis decir.

105 Una vez casado, Giannetto asume también el tratamiento de «micer».

Y tanto insistió que micer Giannetto se lo dijo y luego le contó toda la historia, cómo micer Ansaldo había quedado empeñado en diez mil florines, y que ese día terminaba el plazo, por lo que tenía que perder una libra de carne de su cuerpo.

—Montad inmediatamente a caballo —le dijo la señora[106]—, coged diez mil florines y, llevando el séquito que queráis, no os detengáis hasta Venecia. Y si él no ha muerto, conseguid traerlo aquí.

Al instante Giannetto ordenó que sonaran las trompetas, y tras reunir más de cien compañeros, cogió suficiente dinero,[107] montó a caballo y se despidió, cabalgando a galope tendido hacia Venecia.

Mientras tanto, una vez terminado el plazo, el judío había hecho detener a micer Ansaldo y quería arrancarle una libra de carne. Micer Ansaldo le suplicó que tuviese a bien retrasar su muerte algunos días, a fin de que, si su Giannetto llegaba, pudiese al menos verlo.

—Accedo gustoso a hacer lo que queréis en cuanto al retraso —dijo el judío—, pero aun cuando él mismo viniese cien veces, es mi intención quitaros la libra de carne, como estipula el contrato.

Micer Ansaldo respondió que le placía.

Toda Venecia hablaba de este caso, y todos se lamentaban de él, hasta el punto de que muchos comerciantes se reunieron para intentar pagar la deuda. Pero el judío no aceptaba nunca, pues deseaba cometer aquel homici-

106 A partir de aquí, veremos cómo de nuevo, frente a la pasividad del personaje masculino, el personaje femenino toma las riendas de la acción, demostrando su resolución y fuerza de carácter. 107 Obsérvese cómo en la nueva sociedad mercantil, la preocupación por el dinero está siempre presente, como requisito imprescindible para moverse en ella.

dio para poder jactarse de que había matado al mayor mercader de los cristianos.[108]

Entretanto, mientras micer Giannetto se apresuraba hacia Venecia, su señora rapidísimamente se puso en camino, disfrazada de juez, y le siguió acompañada de dos servidores. Llegado a Venecia, micer Giannetto fue a casa del judío y con gran alegría abrazó a micer Ansaldo y luego dijo al judío que estaba dispuesto a devolverle su dinero y además la cantidad añadida que él quisiese. Respondió el judío que, como no lo había tenido al vencimiento, no quería ya el dinero, sino que quería arrancarle su correspondiente libra de carne. Se entabló entonces una gran discusión, y aunque todo el mundo desaprobaba al judío, considerando no obstante que Venecia pasaba por ser lugar sujeto a derecho, como el judío tenía plenas razones en pública escritura, nadie osaba contradecirle, sino tan sólo suplicarle. Todos los comerciantes de Venecia pasaron por allí a rogarle, pero él se mostraba más duro cada vez. Micer Giannetto le ofreció veinte mil florines, y él no aceptó; luego llegó a treinta, después cuarenta, cincuenta, y finalmente le ofreció cien mil. Entonces el judío le dijo:

—Pero si ya sabes cómo está el asunto: aunque me dieses más de lo que vale esta ciudad, no me contentaría con tomarlo, pues quiero cumplir lo que estipulan las escrituras.

Y hete aquí que, mientras la cuestión se debatía, llegó la señora a Venecia disfrazada de juez y se apeó en una posada.

[108] La figura del judío malvado es también tradicional, reflejo de un antisemitismo que, como la misoginia de otros relatos, está muy lejos de nuestra sensibilidad actual.

—¿Quién es este gentilhombre? —preguntó el posadero a un criado.

—Un juez que viene de Bolonia[109] camino de su casa.

El posadero le hizo grandes honores, y, sentados ya a la mesa, el juez le preguntó:

—¿Cómo se gobierna vuestra ciudad?

—Señor —respondió el hostelero—, se hace demasiada justicia.

—¿Cómo puede ser eso? —dijo el juez.

—Os lo diré, señor. Llegó de Florencia un joven llamado Giannetto a vivir con un padrino suyo de nombre micer Ansaldo, y era tan agradable y de tan buenas costumbres que hombres y mujeres lo querían sobremanera. Jamás vino a esta ciudad nadie tan amable como él. Por ello, su padrino le aparejó tres naves de grandísimo valor, pero las tres veces le sucedió alguna desgracia, así que para la última nave le faltó dinero. Micer Ansaldo entonces tomó diez mil florines prestados de un judío a condición de que si no los devolvía antes del día de San Juan del mes de junio siguiente, el judío podría quitarle una libra de carne de la parte del cuerpo que quisiese. Ahora ha vuelto este bendito joven, y por aquellos diez mil florines quiere devolverle cien mil, pero el falso judío no acepta. Le han estado suplicando todos los hombres buenos de esta tierra, pero no ha servido para nada.

—Esta cuestión es fácil de resolver —respondió el juez.

—Si queréis tomaros la molestia de arreglarlo —dijo el posadero—, para que ese buen hombre no muera, ob-

[109] La ciudad de Bolonia era famosa por su universidad, la más importante en toda Europa en los estudios de derecho.

tendríais el favor y el cariño del más virtuoso de los jóvenes, y además de todas las personas de la ciudad.

Entonces el juez hizo publicar un bando anunciando que cualquiera que tuviese algún litigio que dilucidar acudiese a él, y en cuanto se le anunció a micer Giannetto la llegada de este juez de Bolonia que dirimía todo pleito, le dijo al judío:

—Acudamos a este juez que, por lo que he oído, acaba de llegar.

—Vamos —aceptó el judío.

Llegados a presencia del juez, y tras hacerle la debida reverencia, el juez reconoció de inmediato a micer Giannetto, pero este no lo reconoció a él, pues se había transfigurado el rostro con ciertas hierbas.[110] Micer Giannetto y el judío expusieron ordenadamente la cuestión ante el juez y este, tomando los documentos del judío, los leyó y le dijo:

—Es mi deseo que tomes los cien mil florines y libres a este buen hombre, y ellos te quedarán por siempre obligados.

—No haré nada de eso —respondió el judío.

—Sería lo mejor para ti —adujo el juez.

Pero el judío confirmó que no quería en absoluto, a lo que el juez decretó:

—Entonces de acuerdo, hazlo venir y quítale una libra de carne de donde quieras.

El judío envió por micer Ansaldo y, una vez llegado este, el juez le dijo al judío:

—Haz como gustes.

110 Como se puede apreciar, el criterio de verosimilitud y realismo no se cuida especialmente en muchos momentos del relato, pues, a pesar de ser posterior al *Decamerón*, el autor demuestra una visión de la realidad aún muy medieval.

El judío lo hizo desnudar, y cogiendo una navaja de afeitar que había hecho hacer a tal efecto, se puso a su lado dispuesto a herirlo. Micer Giannetto se volvió al juez diciéndole:

—Señor, no es esto lo que yo os solicitaba.

—No te entrometas —respondió el juez—; déjame a mí.

Entonces, viendo que el judío se aproximaba, dijo:

—Ten cuidado cómo lo haces porque si quitas más o menos de una libra te haré cortar la cabeza. Y te digo aún más: si le cae una sola gota de sangre, te haré morir, porque los documentos no hacen mención a derramamiento alguno de sangre, sólo estipulan que tienes que quitar una libra de carne, ni más ni menos. Por ello, si eres discreto, sigue la conducta que creas mejor.

Y al punto envió por el verdugo e hizo traer el tajo y el hacha.[111]

—Como vea caer una sola gota de sangre —amenazó—, te haré cortar la cabeza.

El judío empezó a tener miedo, y micer Giannetto a alegrarse, y, tras muchas disquisiciones, dijo aquel:

—Señor juez, habéis sabido más que yo: haced que me den los cien mil florines y quedaré satisfecho.

—Quiero que le quites una libra de carne, como estipula tu contrato, así que no te daré ni un céntimo: haberlos aceptado cuando te los ofrecí.

Bajó entonces a noventa y luego a ochenta, y el juez cada vez más firme.

—Démosle lo que pide, con tal de que nos lo entregue —dijo micer Giannetto al juez.

[111] El énfasis teatral y el haber dejado llegar la acción hasta el último momento son claves psicológicas para asustar al judío, impidiéndole reflexionar: aquí el autor sí cuida el realismo de la escena.

—Ya te he dicho que me dejes hacer a mí —respondió el juez.

—Dadme cincuenta —intervino el judío.

—No te daré el más triste céntimo que hayas tenido jamás —repuso el juez.

—Devolvedme al menos mis diez mil, y malditos sean el aire y la tierra.

—¿Es que no me oyes? No te voy a dar nada. Si quieres arrancársela, hazlo; si no, declararé nula la ejecución y se rescindirá tu contrato.

Todos los presentes se alegraban muchísimo con lo que sucedía, y se burlaban del judío, diciéndole:

—Fue por agua y salió escaldado.[112]

Así que el judío, viendo que no podía hacer lo que hubiese querido, tomó su contrato y con rabia lo rompió. Y así quedó liberado micer Ansaldo, y con enorme alborozo se lo condujo a casa.

Después, micer Giannetto tomó los cien mil florines y fue a ver al juez, que se preparaba en su estancia para partir a caballo.

—Señor —le dijo—, me habéis hecho el mayor servicio que me hayan hecho jamás; por ello, me gustaría que llevaséis con vos este dinero, pues lo habéis ganado bien.

—Mi señor Giannetto —respondió el juez—, os lo agradezco mucho, pero no lo necesito. Llevadlo con vos, para que vuestra señora no diga que lo habéis dilapidado.

—A fe mía —respondió micer Giannetto— que ella es tan magnánima y cortés, y tan buena, que aunque yo

[112] Quiso conseguir algo y quedó escarmentado.

gastase cuatro veces otro tanto, estaría contenta, pues quería que me llevase mucho más que esto.

—¿Estáis contento con ella? —preguntó el juez.

—No hay criatura en el mundo a quien ame más que a ella, porque es tan sabia y hermosa cuanto la naturaleza ha podido crearla. Y si me queréis otorgar la gracia de venir a conocerla, os admiraréis de la acogida que os dará, y comprobaréis si lo que digo excede a la verdad.

—Cuando la veáis, saludadla de mi parte —zanjó el juez.

—Así lo haré —dijo micer Giannetto—, pero insisto en que cojáis este dinero.

Mientras decía estas palabras, el juez vio un anillo en su dedo, por lo que dijo:

—No quiero dinero alguno, sino solamente ese anillo.

—De acuerdo —aceptó micer Giannetto—, pero os lo doy a disgusto, pues mi señora me lo regaló y me pidió que lo llevase siempre por amor a ella. Y si no me lo ve, creerá que se lo he dado a alguna mujer, y se enfadará conmigo, creyendo que amo a otra, cuando en verdad la quiero más que a mí mismo.

—Estoy seguro —adujo el juez—, de que ella os ama tanto que os creerá cuando le contéis que me lo habéis dado a mí. ¿O es que quizás se lo queríais regalar a alguna antigua amante vuestra de aquí?

—Es tanto el amor y la fe que le profeso a ella —respondió micer Giannetto—, que no la cambiaría por ninguna otra mujer en el mundo, de tan perfecta hermosura como posee en toda cosa.

Y así, quitándose el anillo del dedo, se lo entregó al juez. Después se abrazaron, y, despidiéndose, se hicieron mutuas reverencias.

—Hacedme un favor —dijo el juez.

—Pedid lo que gustéis.

—Que no os demoréis más aquí y vayáis pronto a ver a vuestra señora.

—Me parece que hace mil años que no la veo.

Y así se despidieron definitivamente. El juez se hizo a la mar y fue con Dios. Micer Giannetto durante algunos días organizó comidas y cenas, regaló caballos y dinero a sus compañeros, y recibió cortesanamente. Después se despidió de todos los venecianos, y se llevó con él a micer Ansaldo y a muchos de sus antiguos compañeros. Todos los hombres y las mujeres lloraban con cariño a causa de su partida, tan amable se había comportado con todos el tiempo pasado en Venecia. Y así partió, de regreso a Belmonte.

Mientras tanto, su señora llegó unos cuantos días antes, fingiendo haber estado tomando aguas termales, y, tras recuperar su atuendo femenino, mandó hacer grandes preparativos, cubriendo todas las calles de cendal y pertrechando muchas compañías de justadores. Cuando micer Giannetto y micer Ansaldo llegaron, todos los nobles y la corte entera salieron a su encuentro gritando: «¡Viva el señor! ¡Viva el señor!», y apenas entraron en la ciudad, también la señora corrió a abrazar a micer Ansaldo, pero se mostró un poco disgustada con micer Giannetto, a pesar de que lo quería más que a sí misma. Y mientras se hacían grandes festejos con justas y torneos, bailes y canciones, en los que participaban todos los gentileshombres, damas y doncellas que había, micer Giannetto, viendo que su esposa no le ponía tan buena cara como de costumbre, se metió en su alcoba y la llamó.

—¿Qué te pasa? —le dijo, tratando de abrazarla.

—No tienes necesidad de hacerme esas caricias —le dijo ella—, pues sé bien que has vuelto a ver a tus antiguas amantes.

Micer Giannetto empezó a disculparse.

—¿Dónde está el anillo que te di? —le atajó la señora.

—Lo que yo suponía me ha ocurrido —respondió micer Giannetto—; acerté al decir que te lo tomarías mal, pero te juro por la fe que os profeso a Dios y a ti que el anillo se lo regalé al juez que me hizo ganar el litigio.

—Y yo te juro por la fe que os profeso a Dios y a ti, que se lo diste a una mujer:[113] bien lo sé. ¿Y no te avergüenza jurarlo?

—Ruego a Dios que me saque de este mundo —replicó micer Giannetto— si no te digo la verdad, más que la que le dije a él cuando me pidió el anillo.

—Deberías haberte quedado allá —dijo la señora—, enviando aquí sólo a micer Ansaldo, y solazarte con esas amantes tuyas, pues he oído que todas lloraban cuando partiste.

Micer Giannetto entonces empezó a llorar con gran aflicción, diciendo:

—Haces juramento de lo que no es verdad ni nunca podrá serlo.

La señora, al verlo llorar, sintió como si le hubiesen dado una cuchillada en el corazón, y rápidamente corrió a abrazarlo entre grandes risas, y, enseñándole el anillo, le contó todo, lo que el juez había dicho y que ella era el juez.[114] Micer Giannetto recibió con ello la mayor sorpre-

[113] Ambos juramentos son ciertos, aunque Giannetto no pueda saberlo.

[114] La última escena demuestra el papel dominante de la dama de Belmonte frente a Giannetto, y cómo maneja los acontecimientos de un modo superior.

sa del mundo, pero al comprobar que era cierto, lo celebró muchísimo y, saliendo de la alcoba, se puso a contárselo a algunos notables y compañeros suyos que por ahí estaban; todo lo cual aumentó, y aun multiplicó, el amor que se tenían.

Después, micer Giannetto llamó a la criada que le había aconsejado aquella noche que no bebiese, y se la entregó por esposa a micer Ansaldo. Y así vivieron siempre entre fiestas y alegría, y disfrutaron de felicidad y buena ventura.

Los trescientos cuentos
Franco Sacchetti
[hacia 1390]

Escrito entre 1390 y 1395 por el mercader, político y escritor florentino Franco Sacchetti (1332 ó 1334-1400), *Il Trecentonovelle* (*Los trescientos cuentos*) puede caracterizarse como el menos boccacciano de los libros de relatos posteriores a Boccaccio: en él, se ha suprimido el habitual marco narrativo, se recupera la tradición más estrictamente medieval y se prefiere la burla, el donaire y la facecia al cuento ampliamente desarrollado. Sus mejores personajes no son grandes héroes ni señores o gentileshombres, sino personas humildes presentadas en su vida cotidiana, entre pequeñoburguesa y popular. Muy a menudo, el cuento es una excusa para una reflexión moralizante o una diatriba crítica.

[CUENTO DEL QUE SE FUE A CAFFA]

UN JOVEN DE GÉNOVA,
QUE ACABA DE TOMAR ESPOSA,
INDIGNADO PORQUE NO PUEDE
ACOSTARSE CON ELLA LAS PRIMERAS
NOCHES, SE VA A CAFFA;[115]
Y TRAS ESTAR ALLÍ MÁS DE DOS AÑOS
VUELVE A CASA MÁS RICO DE LO QUE
SE FUE, ENCONTRÁNDOSE CON QUE LA
MUJER LO HABÍA ESPERADO
MUY A GUSTO EN CASA DEL PADRE.

No hace mucho tiempo, un joven de los Spinoli de Génova tomó por esposa a una gentil joven genovesa que le gustaba desde hacía tiempo. Y un domingo, una vez recibida la dote, comenzaron las bodas, las cuales, según la costumbre de Génova, duran cuatro días en los que se baila y se canta sin descanso, pero no se ofrece ni vino ni dulces —pues dicen que ofrecer vino y dulces es como despedir a uno—, y sólo el último día, y no antes, puede

[115] *Caffa* o *Kaffa*: actual Feodosia, puerto de Crimea. Fue una importante colonia genovesa hasta la conquista turca de Constantinopla (1453), y aún hoy se conservan los restos de la fortaleza genovesa del siglo XIV.

la esposa acostarse con el marido. Sin embargo, en cuanto la joven llegó, el marido, con gran deseo de estar con ella, pidió a las damas que tuviesen a bien dejarles acostarse aquella misma noche, pero no hubo manera de que consintiesen en romper la costumbre.

Pasó aquel día y llegó el lunes, y el joven más se inflamaba, y decía:

—¡Lo que más quiero es acostarme esta noche con mi mujer!

Las damas y los demás contestaban que no dejarían por nada en el mundo que su costumbre se rompiese, y el martes él quería aún lo mismo, pero no hubo forma de convencerles. Así que, llegado el miércoles, día en que la costumbre permitía acostarse con la esposa, el joven, que había visto una nave aparejada para ir a Caffa, llamó indignado a un criado suyo y le impuso el secreto de no revelar a nadie lo que iba a hacer. Y tras preparar algún hatillo de ropa y otras cosas necesarias, y coger mil doscientos florines, los de la dote y otros, subió a la nave que, gracias al viento favorable, rápidamente se alejó.

Las bodas continuaron con sus bailes y músicas, y al llegar la noche, las damas y el resto, no viendo al joven, se asombraron mucho, y se decían:

—¿Qué puede haber pasado para que este, que las otras noches se mostraba tan ansioso, ahora que ha llegado el momento de estar con su señora como deseaba, no se encuentra por parte alguna?

Preguntando por aquí, buscando por allá, el buen amigo no aparecía, pues puede que ya se hubiese alejado ocho millas o más. Los invitados y los parientes estaban todos estupefactos, y también la reciente esposa, que había perdido al marido antes de haberlo tenido. En suma, que se acostó en el mismo estado que las demás.[116]

Al día siguiente no se hizo otra cosa que buscar, preguntar y esperar. ¡Espérate ahí sentado!,[117] que cuanto más esperaban al amigo, más se alejaba él. Y tras pasar así algunos días, la señora volvió a casa sin haber consumado el matrimonio, y huelga preguntar si los parientes se sentían infelices, pues habían dado una dote de mil florines y de este modo volvían a tener a la joven en casa sin saber si era viuda o casada.[118]

Finalmente, un día en que un pariente suyo se lamentaba del caso en la plaza de San Lorenzo, se encontró allí presente micer Gian Figon, patrón de una nave llegada pocos días antes al puerto de Génova de regreso de Alejandría, que ya había descargado, quien le dijo:

—¡Por la sangre de Cristo, que yo lo vi en el puerto, subiendo a una nave que partía para Caffa: seguro que se marchó en ella!

El pariente, al oír esto, le interrogó minuciosamente en secreto, asegurándose de que era verdad lo que había dicho, para a continuación convocar a toda la familia y decirles lo que había oído. Entonces ellos se van[119] a casa del esposo desaparecido y buscan sus ropas y, no encontrando ni a ellas ni al criado, dan por hecho que aquel se había ido a un mal viaje a causa de la esposa, y todos los demás lo tienen por seguro. Y así, mandando cartas y

[116] Sin haber perdido la virginidad. [117] Muestra del lenguaje popular, vivo y colorista, muy usual en Sacchetti. [118] No sabían si el marido había muerto. Nótese el trasfondo económico del matrimonio, y el papel de la mujer como objeto de intercambio entre familias. [119] El paso al presente, recurso muy popular y juglaresco de movilidad temporal, acelera la acción e intensifica la escena.

preguntando a quien volvía de aquel país, estuvieron sus buenos ocho meses sin tener noticia alguna.

Por fin, una vez que regresó de Caffa un genovés de los Lomellini,[120] preguntado sobre este asunto, dijo que había dejado al joven en Caffa, y que había llegado allí hacía poco en la susodicha nave. Los parientes, considerando cierta esta información, le suplicaron por carta cuanto pudieron, y sobre todo el padre y los hermanos de ella, que le habían dado la dote y la habían mandado al marido, y todavía la tenían en casa. Pero, en resumidas cuentas, por mucho que escribieron y mandaron no consiguieron que el buen hombre volviese hasta dos años, cuatro meses y doce días después, que fue cuando retornó con dos mil florines. Y cuando se informó de ello a los parientes, sabe Dios la alegría y cómo corrieron a abrazarlo, según es costumbre entre los genoveses. Y a quien le decía una cosa u otra, o le preguntaba: «Eh, desgraciado, ¿dónde te has metido?», él respondía:

—Aquí vengo, de Caffa.

Imaginad cómo se quedaron los genoveses, cuando el joven dijo: «Aquí vengo, de Caffa», como si hubiese vuelto de Portofino[121] y no hubiese hecho treinta y cinco millares de millas, que es una de las mayores navegaciones que se puedan hacer. Y, en conclusión, una vez llegado, se le preguntó quién o qué lo había hecho alejarse tanto, teniendo la esposa reciente, y él respondió que sólo la ira y la indignación, y explicó sus causas. Y luego añadió:

[120] Famosa familia de alta alcurnia genovesa. [121] Localidad costera situada a unos veinte kilómetros al Sureste de Génova, donde las familias ricas tenían una segunda residencia.

—Y ahora estoy aquí y digo que, si vuestra costumbre de esperar cuatro días antes de dormir con la mujer es buena, la que yo he instaurado ahora es aún mejor, porque he esperado mucho más que cuatro días. Y perdonadme todos, pues creo que lo que ha intervenido en este asunto ha sido la gracia de Dios, puesto que siempre tuve ganas en mi juventud, en la que aún me encuentro, de ir a Caffa, y habiendo conseguido ir gracias al enfado o a la suerte, estoy muy contento de haberlo hecho antes de acostarme con mi mujer.

Y la razón de ello la explicaré enseguida: he oído decir a muchos sabios genoveses que han estado en Francia que en la sala del rey hay una pintura con tres diversos grupos de gente, cada uno de los cuales hace un corte de mangas con los brazos: el primero de ellos es el que me correspondería a mí. Porque si me hubiese acostado con mi esposa y después me hubiese ido a Caffa, me hubiera merecido un buen corte de mangas, pues se dice que está loco quien toma mujer, y tras haber dormido con ella un tiempo, la deja para hacer un gran viaje muy lejos, y se explica así: «Quien toma mujer joven y está un poco con ella, y después por más tiempo se aleja, está muy equivocado, porque mete el fuego en el pajar y luego se aleja y cree que no va a arder.»[122] El segundo corte de mangas —lo digo para que veáis que sé cómo es esa pintura— se hace cuando a uno le deben cien florines u otra cantidad y el deudor le quiere dar sólo una parte, y entonces este se merece un corte de mangas. El tercero se

[122] Alusión sexual tradicional sobre las necesidades de la mujer abandonada por el marido. Da la sensación de que toda la anécdota se narra en función de este dicho que la culmina y le da sentido.

hace a uno a quien se le ha confiado un gran secreto y se lo dice a otro, rogándole que lo mantenga en secreto, y él, que no ha sido capaz de callarlo, se merece otro corte de mangas.[123]

Ahora, volviendo a nuestro asunto, os digo que me marché por el enfado que me produjo no poder acostarme con mi mujer durante tres noches, y lo hice muy a disgusto y, sin embargo, me resultó bien, pues los mil florines que me llevé los he aumentado hasta dos mil. Y por la razón del corte de mangas de Francia, estoy muy contento de haber ido a Caffa antes de haber estado con mi mujer. Por ello os diré brevemente mi intención: ya que Dios me ha traído de vuelta aquí, si me queréis enviar a la señora, que debería estar en mi casa, haced que en ella esté esta noche. Más bodas no pienso hacer, y si ella no está allí a tiempo, igual que me fui a Caffa me iré a Dealló.[124]

Apenas los parientes oyeron esto, rápidamente se apresuraron, y la esposa estuvo allí a primera hora de la tarde, y el joven labró su terreno, que había estado en barbecho, muy a su placer,[125] y recuperó el tiempo perdido lo mejor que pudo, quedándose con su mujer sin andar en muchos viajes. Aunque se hubiese merecido que el tiempo que anduvo buscando beneficios otro se la hubiese beneficiado, todo le resultó muy bien, y no se abstenía ni un solo día de aquello que tenía para usufructuar todo el resto de su vida.

[123] En realidad, la explicación de los otros dos cortes de mangas es un añadido que no viene muy a cuento, pues rompe la lógica del discurso del personaje. [124] Nombre jocoso para indicar una localidad remota y fabulosa (De + allí). [125] Tradicional metáfora sexual.

[RESPUESTA DE MICER AUGUT]

MICER GIOVANNI AUGUT, A DOS FRANCISCANOS QUE LE DESEAN LA PAZ DE DIOS, LES DA UNA RÁPIDA Y DIVERTIDA RESPUESTA.

La respuesta que les dio micer Giovanni Augut[126] a dos franciscanos fue realmente divertida. Estos frailes acudieron, a causa de una necesidad cualquiera, a un castillo suyo llamado Montecchio,[127] casi a una milla más acá de Cortona,[128] en donde él se encontraba. Y llegados a su presencia, como es su costumbre, dijeron:

—Mi señor, la paz de Dios esté con vosotros.

Y él rápidamente respondió:

—Que Dios os quite vuestra limosna.

—Señor, ¿por qué nos contestáis así? —dijeron los frailes asustados.

[126] Giovanni Acuto, célebre capitán mercenario nombrado general de los florentinos. [127] Montecchio-Vesponi, localidad cercana a Castiglion Fiorentino. [128] *Cortona*: antigua ciudad de Toscana, en provincia de Arezzo, al sureste de Florencia y Siena y al suroeste de Arezzo.

—¿Y por qué vosotros me saludáis así a mí? —repuso micer Giovanni.

—Creíamos estar diciendo lo adecuado —adujeron ellos.

Y micer Giovanni respondió:

—¿Cómo creéis decir lo adecuado, si venís y me deseáis que Dios me haga morir de hambre? ¿O no sabéis que yo vivo de la guerra y la paz me arruinaría? Y del mismo modo que yo vivo de la guerra, vosotros vivís de la limosna, así que la respuesta que os he dado ha sido parecida a vuestro saludo.

—Tenéis razón, señor. Perdonadnos, pues somos gente ruda.

Y tras despachar algún que otro asunto que tenían que resolver con él, se marcharon y volvieron al convento de Castiglione Aretino,[129] y allí contaron la anécdota como un donaire ingenioso y original, especialmente para micer Giovanni Augut, pero no para quienes habrían querido estar en paz.

Pues ciertamente, él fue el capitán mercenario[130] que más tiempo estuvo en armas en Italia, que pasó así sesenta años y casi todas las ciudades le rendían tributos.[131] Y tan bien lo supo hacer, que poca paz hubo en Italia en su tiempo. ¡Ay de aquellos hombres y pueblos que creen demasiado en los que son como él!, porque los pueblos, los municipios[132] y todas las ciudades viven y prosperan en

[129] El actual Castiglion Fiorentino, en la provincia de Arezzo, región de Toscana, al sur de la ciudad de Arezzo. [130] Los capitanes de fortuna o mercenarios proliferaron en la península itálica en el s. XIV, vendiendo sus servicios a las diferentes ciudades-estado. Sus mesnadas eran tan poderosas que condicionaban por completo la política de la región. [131] Para asegurarse la protección. [132] Se refiere a las ciudades-estado italianas (*Comuni*).

la paz, y en cambio ellos viven y prosperan en la guerra, que es la ruina de las ciudades, pues con ella se consumen y decaen. En ellos no existe el amor ni la fe. A menudo hacen más daño a quien les da los dineros que a los soldados enemigos, puesto que, aunque finjan querer luchar y combatir uno contra el otro, se desean mayores bienes entre ellos que a aquellos que les han proporcionado su dinero. Y parece que dicen: «Tú roba por ahí, que yo robaré por acá». No se dan cuenta las ovejas de que la maldad de estos continuamente las empuja a la guerra, la cual a los pueblos no puede acarrear más que grandes desgracias. ¿Y por qué razón tantas ciudades de Italia, que antes eran libres, ahora se ven sometidas a un señor?[133] ¿Por qué razón están Puglia y Sicilia en el estado en que están?[134] Y la guerra de Padua y la de Verona, ¿quién las provocó?[135] ¿Y muchas otras ciudades, que hoy son tristes villorrios?

Oh, míseros los pocos —pues son muy pocos— que viven libres: no crean los engaños de la gente de armas, permanezcan en paz, y antes prefieran verse ofendidos dos o tres veces que declarar una guerra, pues esta se empieza fácilmente y va a terminar como nadie imagina, y su mal no se puede enmendar con rapidez.[136]

[133] Referencia al paso político de las ciudades-estado italianas de *Comuni* (municipios) gobernados por gremios y cargos electos, a *Señorías* gobernadas por una familia poderosa. [134] Alusión a las guerras entre la corona de Aragón y la casa noble francesa de los Anjou por el dominiio del sur de Italia. [135] Alusión a las guerras de los Carrareses y los Scaligeri contra Milán y Venecia de 1388-1389. [136] Esta vibrante invectiva contra la guerra, tan actual, llega a ser más importante que la propia anécdota, que no es más que una excusa para ella.

Cuentos de Canterbury
Geoffrey Chaucer
[hacia 1390]

«Estando yo, cierto día de esa estación [la primavera], en la posada del Tabardo, en Southwark, con el devoto propósito de emprender mi peregrinación, llegó a aquella posada, al anochecer, un tropel de hasta veintinueve personas que, habiéndose encontrado por los caminos, iban a continuar juntos a Canterbury.»

Así presenta el narrador de *Cuentos de Canterbury* (el propio poeta Chaucer, uno más entre los personajes del libro) a los personajes y las circunstancias de la peregrinación que será su marco narrativo. El tiempo: la primavera, que renueva la vida y permite los viajes; el lugar: el camino desde la posada del Tabardo, en Southwark —al sur del Támesis, fuera de las murallas de Londres— hasta la catedral de Canterbury, donde está enterrado el santo Thomas Beckett, al que se visita en peregrinación; los personajes: representantes de todos los oficios y clases sociales (desde el caballero al labrador, pasando por el mercader, el estudiante, el molinero, el marino, el jurista, la viuda, el párroco, la priora, el fraile, etc.), que se describen, sin citar sus nombres, por sus características sociales, y entre los que destacan el propio poeta Chaucer y el mesonero Henry Bailey, dueño de la posada del Tabardo, quien ofrecerá la invitación a un banquete a quien narre el mejor cuento en el viaje de ida y vuelta a Canterbury. De esta manera, Geoffrey Chaucer (1340-1400) —miembro de la casa real, a pesar de su origen burgués, que viajó en diversas misiones por España, Francia e Italia, y poeta de la corte considerado hoy el primer clásico en lengua inglesa— engarza veinticuatro cuentos —que él pretendía llegase a ser ciento veinte—, escritos en su mayoría en versos endecasílabos pareados, con sus correspondientes comentarios críticos por parte de los miembros de la compañía de peregrinos, en lo que se considera la primera gran obra maestra de la literatura inglesa, tanto por su capacidad narrativa como por la habilidad para combinar la retórica cortesana con el lenguaje popular, y la belleza poética con el humor más irreverente.

EL CUENTO DEL MOLINERO

PRÓLOGO

Tras escuchar el cuento del caballero,[137] todos los peregrinos, jóvenes y viejos, afirmaron que era una noble historia y digna de memoria. Gustó sobre todo a la gente noble. El mesonero[138] empezó a reír y dijo con alegría:

—Esto va bien: hemos abierto el saco.[139] Veamos, ¿quién contará otro cuento? Por mi alma, ha empezado bien el juego. Vamos, señor monje, muéstrenos lo que sabe hacer. Recompense un poco al caballero su cuento.

El molinero, muy borracho y algo pálido, estaba agarrado a su caballo, medio-subido y medio-caído. No estaba de humor para cortesías ni para quitarse la gorra ante nadie. Con una voz como la de Pilatos empezó a quejarse y a blasfemar:

[137] El cuento del molinero es el segundo del libro; el del caballero, el anterior. [138] Henry Bailey, el dueño de la taberna del Tabardo, quien organiza el «concurso» de relatos y es normalmente el que más comentarios hace. [139] Hemos empezado con la narración de cuentos, a la que también se le suele llamar «juego».

—Por los brazos, la sangre y los huesos de Cristo, os digo que tengo un cuento noble. Yo responderé al caballero y no el monje.

El mesonero vio que estaba borracho de cerveza y dijo:

—Alto ahí, Robin, querido hermano. Buscaremos a alguien mejor para contar algo. Tú espera un poco, que necesitamos algo de sentido común.

—¡Por el alma de Dios que no! —respondió el molinero—. Pienso hablar como sea, y si no, me voy.

—Pues vete al infierno. Eres un tonto, y tienes los sentidos obnubilados. Pero venga, puedes contar.

—Escuchen todos lo que he de contar —dijo el molinero—, pero primero debo decir que estoy borracho; lo sé por el sonido de mi voz. Y si me enredo con las palabras de mi cuento, achacadlo a la excesiva cerveza de Southwark.[140] Tengo un cuento sobre la vida de un viejo carpintero y su mujer, y de un estudiante que se la ligó...

El alguacil le miró, gritando:

—¡Te quieres callar! Deja tu lujuria borracha. A mí me parece pecado y estupidez difamar a un hombre o hablar mal de las mujeres en general. ¿Por qué no puedes tratar otro tema? Hay otras cosas...[141]

—Mi querido hermano Oswald —respondió el ebrio molinero—, así es la vida. Un hombre no es cornudo si no tiene mujer. Con eso no quiero decir que tú lo seas.

[140] El estado de embriaguez del narrador justifica que la narración no esté perfectamente trenzada desde el punto de vista retórico, lo cual la dota de gran frescura y agilidad. También justifica el uso de expresiones soeces y disfémicas.

[141] Para entender la furia del alguacil, hay que saber que es carpintero, por lo que la figura ridícula de ese oficio en el relato lo enfada. Después, para vengarse, él contará un cuento en el que el protagonista ridículo será un molinero.

Hay muchas esposas buenas, al fin y al cabo, mil buenas por una mala. Y eso lo sabes tú a no ser que desvaríes. ¿Qué te pasa? ¿No puedo contar historias yo también? Yo estoy casado igual que tú, por Dios. Pero juro por los bueyes de mi yunta[142] que no se me ocurriría creerme cornudo porque sí. Estoy bastante seguro de que ni lo soy ni lo he sido. En la vida no hay que tener curiosidad ni acerca de los misterios del Señor ni acerca de la mujer. El Señor nos provee con todo lo necesario, y por lo otro, mejor ni preguntar.

¿Qué más puedo decir? El molinero se había arrancado y ya no se callaba por nadie, sino que contó su cuento de patán a su manera. Pero creo que debo repetirlo aquí, y ruego a todos los que seáis refinados que no penséis mal de mí ni de mis intenciones. Yo reproduzco los cuentos tal y como los contaron, para bien o para mal; si no, estaría mintiendo sobre lo que pasó. Por eso, si este cuento no es propio de escuchar,[143] pasad página y elegid otro. Encontraréis muchos, largos y cortos, históricos, que profesan moralidad, buena educación y santidad. A mí no me culpéis si elegís mal. El molinero era un patán, ya lo comenté, y el alguacil también, y alguno más. Y sólo sabían hablar de lujuria. Juzgadles a ellos y libradme a mí de culpas.[144] ¿Para qué ponernos serios si esto es un juego?

[142] Alusión jocosa a los cuernos (bueyes) y al yugo matrimonial (yunta): el molinero jura, en realidad, por sus propios cuernos. [143] La lectura no era una actividad solitaria e individual, sino colectiva y oral, sobre todo tratándose, como en este caso, de poesía, que sería probablemente recitada en la corte. [144] El autor, jocosamente, se disculpa echando las culpas a sus narradores, como si ellos fuesen personas reales y no personajes inventados, como si el marco narrativo no fuese otra ficción. Así, el juego entre realidad y ficción sirve para justificar los cambios de tono, estilo, lenguaje, etc.

Hace tiempo vivía en Oxford un viejo ricachón, de profesión carpintero, que admitía huéspedes. Con él se hospedaba un pobre estudiante que sabía algo de arte, pero cuyo mayor interés era la astrología y la geomancia. Entendía ciertos símbolos y bajo determinadas condiciones sabía predecir si llovería o vendría tiempo de sequía, y si se le preguntaba a ciertas horas, sabía indicar la fortuna de la gente.

Este muchacho, que se llamaba el gentil Nicolás, aunque artero y discreto, era maestro del amor, y se aprovechaba de su aspecto tímido y afeminado. Tenía alquilado un pequeño cuarto en la casa, donde residía solo. Decoró todo con frutas y hierbas, y él mismo era más dulce que la raíz del regaliz o cualquier planta aromática. Su *Almagesto*[145] y sus otros libros eran maravillosos, y tenía un astrolabio para su ciencia, y tablas de cálculo en las baldas encima de la cama, que tenía gruesas cortinas rojas bajo las que asomaba un arpa preciosa que él tocaba melodiosamente por la noche, cantando el *Ángelus* a la Virgen,[146] y *Las Notas* del Rey William.[147] La gente bendecía su alegre voz. Y así pasaba su tiempo este encantador sabio, y así gastaba el dinero que le enviaban sus amigos.[148]

El carpintero se había casado hacía poco con una joven muchacha de dieciocho años, a la que quería como a

[145] *Almagesto*: tratado de astronomía compuesto en el siglo II por Tolomeo, astrónomo de la escuela alejandrina. Traducido al latín desde el árabe en Toledo, en 1175, es durante la Edad Media la fuente exclusiva para el conocimiento de la astronomía. [146] Himno de la Anunciación de la Virgen. [147] A pesar de las muchas conjeturas de los estudiosos, no se sabe con certeza a qué canción se refiere. [148] Se trata, pues, de un estudiante que no estudia nada serio, y gasta el dinero que le envían: de ahí la ironía al llamarle sabio.

la vida misma. Sin embargo, era celoso y la mantenía encerrada, pensando que él era viejo y ella joven, y que era probable que le pusieran los cuernos. De haber leído a Catón[149] hubiera sabido que un hombre debe casarse con alguien parecido, que la juventud y la vejez a menudo están en discordia. Pero era lerdo y había caído en la trampa, viéndose obligado a llevar su cruz como otros.

Ella era una criatura bella, tierna y hermosa, con un esbelto cuerpo de garduña. Llevaba vestidos de seda a rayas, con un mandil blanco como la leche recién ordeñada, plegado y adornado, cubriéndole las ingles. Vestía sayo blanco, con diseño de punto por dentro y por fuera, y el cuello era de seda negra, y todos los lacitos de su láctea capa iban a juego. Llevaba un alto sombrero de seda, y tenía la mirada lasciva. Las cejas se las había arqueado, y eran negras como endrinas. Era un deleite para los ojos, más que las flores del peral, y parecía más suave que la lana de un cordero. En el cinturón llevaba un monedero de cuero, con ribetes de seda y ornado con perlas y metales. Aunque buscases por todo el mundo al hombre más sabio, tendría que esforzarse mucho para imaginarse una moza así. Su tez brillaba de alegría, como una moneda de oro recién acuñada en la Torre de Londres,[150] y cuando cantaba lo hacía alto y claro como una golondrina encima de una rama. Y bailaba o jugueteaba como una ternera o un cabrito detrás de su madre. Tenía el aliento fresco como la miel o el aguamiel, era como un montón de manzanas tumbada en el heno. Era jugueto-

[149] No el famoso retórico latino, sino probablemente un escritor del siglo III o IV d. C. llamado Dionisius Cato. [150] Famoso edificio londinense, antigua prisión, donde se acuñaban las monedas.

na, con el brío de un potro, alta como un mástil, y erguida como una flecha en un arco. Su cuello mostraba un broche grande como un escudo. Llevaba tacones y se ataba los cordones hasta arriba del todo. Era una margarita, un caramelo para que un noble o un hidalgo de buena familia se la llevara a la cama.[151]

Bueno, caballeros..., resultó que un día el gentil Nicolás empezó a tontear con la moza, aprovechando que su marido estaba en Osney.[152] ¡No saben nada los estudiantes! Dejándose llevar por el deseo la cogió por el coño diciéndole:

—¡Por Dios, cómo os amo! ¡Si no gozo de vos, moriré!

Y en esto le apretó las nalgas y suspiró:

—¡Amadme ahora mismo, que me muero!

Ella dio un salto juguetón como un potro encerrado para herrarlo, y giró la cabeza justo a tiempo, diciendo:

—¡Para, Nicolás! No os besaré. Deteneos o chillaré para que se enteren los vecinos. ¿Qué modales son estos? Quitadme las zarpas de encima.

Entonces Nicolás empezó a rogar y a suplicar, ofreciéndole su amor con palabras tan bonitas que al final la moza accedió, jurando amarle antes de la fiesta de Santo Tomás de Kent, en cuanto ella viera un momento oportuno:

—Mi esposo es tan celoso que si no sois paciente y cauto, seguro que me matará —dijo—. Así que guardad bien el secreto.

[151] Portentosa descripción, en la que la retórica queda oculta bajo comparaciones jocosas. Nótese la sensualidad y energía juvenil de la muchacha, siempre parangonada a frutos y animales jóvenes. También el sentido práctico del narrador, que no se detiene en cualidades espirituales, sino materiales bien concretas. [152] Localidad cercana en la que había una abadía de Agustinos, adonde el carpintero va a realizar trabajos.

—No os preocupéis por eso —contestó él—. Un estudiante no tiene que pensar mucho para engañar a un carpintero.

Y así los dos prometieron aguardar la oportunidad, y acordaron las cosas como dije antes. Y Nicolás le acarició los muslos y la besó, y después empuñó su salterio y ejecutó rápidamente una alegre melodía.[153]

Más tarde, un día de fiesta, ella fue a misa a revisar su conciencia y obrar con Cristo. Dejó el trabajo e hizo que el color tomara su cara, lustrándose la frente. Había un joven clérigo en la parroquia llamado Absalón,[154] que tenía una rubia melena rizada que se abría como un abanico a izquierda y a derecha desde la raya cuidadosamente trazada. Tenía buen color, y ojos grises como un ganso. Vestía zapatos ornados como el viejo St. Paul's,[155] y mallas rojas cubrían sus piernas. Todas sus prendas eran limpias y elegantes. Llevaba un sayo azul claro, ajustado a la cintura y adornado con lazos, con una sobrepelliz blanca como las flores. ¡Dios mío! Era un mozo alegre. Sabía sangrar, afeitar y cortar el pelo, y preparar documentos legales. Y además bailaba veinte estilos distintos, y siguiendo la moda de Oxford elevaba bien las piernas. Tocaba asimismo un rabel de dos cuerdas, cantando en un alto falsete, y también era bueno con la guitarra. No había taberna ni mesón en el pueblo donde no asomara su cara feliz, siempre que hubiera taberneras saladas. Pe-

[153] Eufemismo sexual: el salterio, tradicionalmente, designa el miembro masculino. [154] Nombre jocoso por sus resonancias bíblicas. El personaje de Chaucer comparte con el hijo de David su belleza física y sus largos cabellos. [155] Catedral de Londres. Eran, en efecto, unos zapatos que se hacían a imitación de los ventanales de ese edificio.

ro, en realidad, era algo finolis a la hora de cuesquear y hablar rudamente.

El alegre Absalón llevaba el incensario los días festivos, y les echaba incienso a las damas de la parroquia. Según pasaba, las miraba con ojos de amor, y sobre todo a la joven esposa del carpintero. Al verla, pensaba en lo feliz que debía de ser la vida con ella, que era tan elegante, tan dulce, tan sensual. Y creo que si ella hubiese sido un ratón y él un gato, le hubiera saltado encima. Cuando pasaba el cepillo, a Absalón le latía tanto el corazón de amor que no aceptaba nada de la chica, diciendo que le parecía mal.

Esa misma noche, cuando la luna brillaba, salió con su guitarra a buscar mozas. Lascivo y pasional, paseó hasta que llegó a casa del carpintero con el canto del gallo.[156] Se puso al lado de la ventana, situada en la parte baja de la fachada, y empezó a cantar con voz suave y agraciada, en consonancia con el toque de la guitarra:

—Señora querida, si vuestro gusto es pensar en el amor, pensad con dulzura en mí.

El carpintero se despertó y oyó la canción, y se volvió a su mujer:

—¡Alison, mujer! ¿Oís eso? Es Absalón, cantando bajo nuestra alcoba.

—Sí, Juan, lo escucho —dijo ella, pero si algo más pensaba no lo dijo.

Y así sucedieron las cosas. Todos los días el feliz Absalón la agasajaba, hasta que empezó a ponerse triste. No dormía por la noche. De día se peinaba sus largas trenzas e intentaba aparentar que estaba bien. Le mandó

[156] Al amanecer.

mensajes por intermediarios; prometió ser su paje o su sirviente; cantó como un ruiseñor; le envió vino dulce y aguamiel y cerveza, y tortitas calientes y tarros de miel; y como ella era de ciudad, le ofreció dinero, pues algunas se dejan convencer por una bolsa de dinero, otras se entregan a la bondad, y otras a las caricias.

Una vez, con la esperanza de que su talento la conquistara, hizo el papel de Herodes en un drama. ¿Pero para qué? Si ya podía brillar como el latón, que ella amaba al apuesto Nicolás. Por mucho que Absalón la agasajara, ella solo sentía desdén por él, tratándole como su mono particular, y todo su cortejo se lo tomaba a risas.

Hay un proverbio que oiréis mucho, y es cierto: *El astuto cercano vence al decente ausente.* Y así, por mucho que Absalón se arrancara el pelo de rabia por no poder verla, Nicolás, artero y cercano, le tapaba la luz. ¡Vamos, gentil Nicolás, enséñanos, y deja al clérigo que se lamente!

Un sábado, cuando el viejo carpintero estaba en Osney, Nicolás y Alison decidieron lo que harían. Nicolás tendría que tramar alguna treta para burlar las sospechas del celoso marido, y si lo conseguía, ella pasaría toda la noche con Nicolás, pues esto deseaban los dos. Y más rápido de lo que tardo en contarlo, Nicolás, que apenas aguantaba, se fue a su cuarto con un plato de comida y bebida para un día entero, o dos; y le dijo a Alison que si su marido preguntaba por él, le dijera que no tenía ni idea, que no le había visto en todo el día, que debía de andar malo, y que la criada le había llamado varias veces pero sin contestación. Y así pasó el sábado sin noticias de Nicolás, que permaneció arriba, descansando o comiendo, según le apetecía, hasta ya llegado el domingo por la noche. El tonto del carpintero se maravillaba con Nicolás:

—¡Por Santo Tomás, creo que algo va mal con Nicolás! ¿Y si se muere? ¡Dios le guarde! El mundo es un lugar difícil hoy en día. Esta mañana vi cómo llevaban a la iglesia un cadáver que el lunes pasado había visto trabajando. Sube —le dijo al criado— deprisa. Grita o llama a la puerta con una piedra. Mírale bien y dime cómo está.

El criado subió la escalera y se puso a gritar y a aporrear la puerta como un poseso:

—¡Eh, señor Nicolás! ¿Qué ocurre? —gritó—. ¿Cómo puede pasarse todo el día durmiendo?

Pero nada, ni mu. Abajo, en un panel de la puerta, encontró un agujero para que entrara el gato, y arrimó el ojo. Así, mirando por el agujero, vio al estudiante tumbado y boquiabierto, como si acabara de ver la luna llena. El chico bajó e informó a su amo del estado del joven. Al escucharle, el carpintero se santiguó y dijo:

—¡Santa Frideswida[157] nos proteja! No sabemos qué es lo que viene a afligirnos. El joven ha caído víctima de la locura por culpa de su astronomía, seguro. Siempre sospeché que pasaría. Dios tiene ciertos secretos que no debemos descubrir. ¡Benditos los simples que sólo saben lo justo para rezar el credo! Lo mismo le pasó a otro estudioso de la astronomía, tan poco prudente que miró hacia arriba para descifrar los astros cuando cruzaba un prado. ¿Y qué pasó? Que se cayó en un margal. Eso no lo vio venir.[158] ¡Por todos los santos, qué situación tenemos! Me preocupa Nicolás. Por Cristo, que le voy a reñir por estudiar tanto. ¡Tráeme un palo para apalancar, y tú, Robin, empuja la puerta! ¡Vamos a sacarle los estudios!

[157] Había un priorato de esta santa en Oxford. [158] Fábula tradicional desde los antiguos autores grecolatinos.

Los dos empezaron a empujar la puerta. El chico era fuerte y no tardaron mucho en arrancarla de las bisagras. Nicolás yacía inmóvil como la piedra, con la misma expresión de pasmado. El carpintero pensó que estaba desesperado y le asió bruscamente de los hombros y le agitó:

—¡Eh, Nicolás! ¿Qué pasa? Mirad hacia abajo. ¿Estáis bien? Despertad y pensad en la pasión de Cristo. Yo os bendigo contra los duendes y los elfos.

Y recitó el conjuro para la noche en todos los rincones del cuarto, e incluso en el descansillo: *Jesucristo y San Benedicto bendigan esta casa, protéjannos de criaturas malas, de las brujas nocturnas. Padre nuestro puro, ¿dónde estuviste el día de San Pedro?*

Y el apuesto Nicolás empezó a suspirar:

—¿Ha de ser así? ¿Todo el mundo ha de desaparecer?

—¿Qué decís? Confiad en el Señor como hacemos los que trabajamos.

—Traed algo de beber —contestó Nicolás— y os contaré, en secreto, algo que nos afecta a los dos. Pero ni un alma más ha de saberlo.

El carpintero bajó a buscar una gran jarra de cerveza fuerte, y cuando los dos hubieron bebido, Nicolás cerró la puerta y dijo:

—Amigo Juan, excelente anfitrión, júrame que no repetiréis ni una sílaba de lo que voy a decir, pues son los planes de Jesús, y si los traicionáis, seréis condenado y castigado volviéndoos loco.

—¡Por la sangre de Cristo, no! —respondió el tonto—. No soy chismoso, aunque sea yo el que lo diga. Decid lo que sea, pues pongo por testigo al Señor, que bajó al Infierno, que no se lo contaré a nadie.

—Bien, Juan, creedme; a través de la astrología, y mirando el resplandor de la luna, he descubierto que el lunes que viene pasada la hora cuarta, caerá una lluvia torrencial que será dos veces peor que el diluvio de Noé. En una hora, el mundo quedará inundado y toda la humanidad morirá ahogada.

—¡Ay, mi mujer! —exclamó el carpintero—. ¡Mi pequeña Alison! ¿Ha de morir también?[159]—Y de dolor casi cae al suelo—. ¿No hay escapatoria?

—Gracias a Dios, la hay —respondió Nicolás—, pero habéis de hacer lo que yo diga, no busquéis otra solución. Dice Salomón: *quien consejo escucha no irá a peor*.[160] Y si seguís mi buen consejo os garantizo salvaros a los dos y a mí mismo sin mástiles ni velas. Recordad que Noé y sus hijos se salvaron porque Dios le previno del diluvio.

—Sí, lo recuerdo, aunque pasó hace mucho.

—No os acordáis de lo difícil que fue aquel asunto —siguió Nicolás—, cómo Noé tuvo que atizar a su mujer para que subiera al barco, pues ella no quería. A él le hubiera gustado meterla en un barco aparte, seguro, cuando los cielos empezaban a descargar.[161] Pero, ¿qué hacemos? No podemos esperar, pues como dije, está al llegar. Esto requiere presteza, no sermones. Quiero que vayáis corriendo a buscar una tina o palangana para cada uno, pero que sean grandes para que podamos flotar en ellas. Y cargadlas con provisiones para un día, tampoco es mucho. Las aguas remitirán sobre las nueve de la mañana.

[159] Nótese la bondad e ingenuidad del carpintero, que en quien primero piensa es en su mujer. [160] *Eclesiastés* 32:19. [161] En las obras de teatro medievales representadas por cofradías y estudiantes (como en la que participa Absalón haciendo de Herodes), la mujer de Noé solía ser personaje cómico, modelo de mujer pesada, exigente, chismosa, etc.

No deben saber nada ni Robin ni Jill, los criados, pues a ellos no les puedo salvar. No me preguntéis por qué, puesto que no puedo revelaros los secretos del Señor. Estad satisfecho de tener la gracia que tuvo Noé. Y salvaré a vuestra mujer, no lo dudéis. Ahora, daros prisa, y cuando tengáis las tinas (una para ella, una para vos y una para mí), colgadlas del techo. Cuando hayáis hecho esto, y cargado los víveres, buscad un hacha para cortar las cuerdas cuando empiece el diluvio. Y abrid un hueco en el alero encima del establo para que podamos salir sin problemas. Y flotaréis, lo prometo, como un pato blanco con su macho. Y yo os diré: «Hola Alison. Hola Juan. Alegraos, que las aguas pronto se irán». Y responderéis: «Eh, señor Nicolás, buen día. Os veo bien, ya es de día». Y seremos los dueños del mundo el resto de nuestras vidas, como Noé y su señora. Pero os aviso que esa noche ya a bordo hemos de tener cuidado de no decir nada, de no gritar ni chillar. Tendremos que rezar, pues esto es lo que Dios quiere. Y vos y vuestra señora debéis estar a cierta distancia, pues no debe haber pecado esa noche, ni por miradas lascivas, ni por actos. Estas son las instrucciones. Corred con la ayuda de Dios. Y mañana, cuando todos estén dormidos nos subiremos con sigilo a las tinas a esperar el perdón del Cielo. No puedo explicar más, no da tiempo. Dice el refrán: *No habléis, enviad a un sabio.* Y vos sois sabio, no necesitáis clases de mí. Os ruego vayáis a salvarnos.

Y el tonto del carpintero se marchó murmurando:

—¡Ay, que haya llegado tal día!

Y le contó todo el secreto a su esposa, y aunque ella sabía mucho más que él de qué iba el plan, fingió estar muerta de miedo.

—¡Oh, no! —dijo— Haced como fuere algo rápido que nos ayude o estamos perdidos. Soy vuestra honesta esposa, salvad mi vida, amado esposo.

La imaginación nos perturba y la gente puede morir de ella, tan profundo es a veces el impacto. Así empezó a temblar el bobo del carpintero, pues pensó ver las aguas de Noé ante sus ojos, una marea que ahogaba a su meliflua Alison. Lloró, gritó y la cara se le distorsionó de tristeza mientras suspiraba. Fue por una tina, y después buscó dos artesas de amasar pan, que hizo llevar en secreto a su casa y colgó del techo a escondidas. Y él mismo fabricó tres escaleras, los peldaños y todo, para ayudarles a subir. Puso pan, queso y cerveza para los tres en las tinas, y justo antes de prepararlo todo, envió a los criados a Londres a un recado.

El lunes por la noche cerró la puerta y apagó la vela, y tras asegurarse de que todo estaba en orden, los tres se subieron, en silencio y por separado. Se pusieron a rezar:

—*Pater nostrum, ni mu* —dijo Nicolás.

—*Ni mu* —respondieron Juan y Alison.[162]

Tras esta oración, el carpintero siguió rezando, mientras esperaba nervioso el ruido de la lluvia. Pero de tanto trabajo realizado, se quedó dormido sobre la hora del toque de queda,[163] o un poco más tarde. Gemía dormido por preocupación del alma, y roncaba. Entonces Alison y Nicolás bajaron de sus tinas y fueron, sin hacer ruido, corriendo a la cama. Y allí donde solía dormir el carpintero empezaron su alegría. Y allí permanecieron Nicolás y Alison disfrutando hasta que sonó la cam-

[162] Nicolás ni siquiera sabe latín, así que se inventa las palabas (*ni mu*), que Juan y Alison toman por latinas. [163] Hacia las ocho de la noche.

pana de *laudes* y empezaron a cantar los frailes en la iglesia.[164]

Mientras tanto, Absalón, el clérigo, con mal de amores y triste, se había ido el lunes a Osney con unos amigos para distraerse. Y preguntó a un monje de la zona si sabía algo de Juan el carpintero. Este le sacó de la iglesia y le dijo:

—No sé nada. Lleva desde el sábado sin trabajar. No sé dónde anda. Puede que haya ido a por leña para el abad, cosa que hace a menudo. Sale al páramo y suele estar un día allí. Pero si no, estará en casa.

Absalón se alegró, y sintió aliviar su corazón. «No dormiré esta noche», pensó, «estoy seguro de que no lo he visto en todo el día, así que es acertado concluir que está fuera. Por mi vida, juro que iré a llamar a aquella baja ventana cuando cante el gallo. Veré a Alison y le contaré mi amor, y no creo que quede sin alguna recompensa, aunque sólo sea un beso. Algo me satisfará: llevo todo el día con un cosquilleo en la boca y eso promete un beso. Además, anoche soñé con un banquete. Creo que voy a dormir un par de horas y luego me levantaré a pasarlo bien».

Por fin cantó el primer gallo, y entonces se levantó el amoroso Absalón, vestido con su ropa más alegre y ornada. Pero primero masticó cardamomo y regaliz para endulzar el aliento, se puso bajo la lengua hierba del amor[165] y se peinó para parecer más atractivo. Enfiló el camino a casa del carpintero hasta que se detuvo junto a

[164] Laudes era la segunda ceremonia de los oficios clericales, tras maitines: hacia las siete u ocho de la mañana. [165] No se sabe bien a qué hierba se refiere Chaucer.

la ventana baja, que estaba a la altura de su pecho. Tosió y dijo:

—¿Alison, dulce panal de miel, estáis ahí? Dulce canela, pajarito, amor, despertad y decid algo. Nunca pensáis en mi desdicha. Sudo de amor por vos todo el tiempo. Creedme, sufro y balo como un corderito que quiere la teta de su madre. Estoy tan enamorado que mi queja es como la de la tórtola,[166] y como menos que una colegiala.

—Lárgate, tonto —dijo ella—, aquí no hay besos. Amo a otro mejor que tú, por Cristo. Vete Absalón o te tiraré una piedra. Quiero dormir, vete al infierno.

—Ay, no —dijo Absalón—; lo sabía. Siempre se mofan del amor verdadero. Pero dadme por lo menos un beso, por amor de Dios y por amor mío.

—¿Y te irás?

—Os lo prometo, amor —contestó Absalón.

—Prepárate, pues, mientras me pongo algo —dijo ella. Y susurró a Nicolás—: Callad. Nos vamos a morir de risa.

Absalón se arrodilló diciendo:

—Soy un caballero, y espero que paso a paso lleguemos a más. Vuestra boca, mi pajarito y mi amor.

Ella abrió la ventana y dijo:

—Calla, no pierdas más tiempo. Los vecinos pueden estar espiando.

Absalón empezó a secarse la boca. La noche era negra como la pez o el carbón. Ella sacó el trasero por la ventana, y Absalón la besó con deleite justo en las nalgas, antes de darse cuenta. Entonces se echó para atrás: algo pa-

166 Ave que representa la fidelidad y el afecto.

saba. Bien sabía que las mujeres no tienen barba, pero algo áspero y peludo había notado.[167]

—¡Dios mío! ¿Qué he hecho? —preguntó.

—¡Ji, ji, ji! —rió ella cerrándole ventana.

Y el pobre Absalón se marchó con pasos apesadumbrados.

—Una barba, una barba[168] —dijo el gentil Nicolás— ¡qué risa, por Dios!

Absalón oyó esto según se iba, y se mordió los labios de rabia. «Esta me la pagáis» pensó.

¿Quién se frota los labios con polvos, paja, trapos, serrín? Absalón, que pensaba: «Voy a por él. Esto no lo dejo pasar ni aunque me dieran toda la ciudad. Vendería mi alma al Diablo para poder vengarme de esta afrenta. ¡Oh, Dios! ¿Por qué no me retiré a tiempo?»

Las llamas del amor se habían enfriado en el mismo momento en que le besó el pandero. Las mujeres ya le importaban un comino, estaba curado, y no se curaba[169] de amoríos. Y, así, llorando como un niño al que le han dado un azote, se marchó, cruzó la calle y fue a ver a Gervasio el herrero, que tenía el taller lleno de herramientas de labranza y se encontraba afilando un arado.[170] Absalón llamó a la puerta y dijo, tranquilo:

—¡Gervasio, abre, venga!

—¿Qué? ¿Quién es?

—Soy yo, Absalón.

—¿Absalón? ¡Por la Cruz de Cristo, cómo madrugas! ¿Qué pasa, alguna moza guapa que te ha levantado y te

[167] El vello púbico. [168] Es un error, porque Absalón no ha dicho en voz alta nada acerca de una barba, tan sólo lo ha pensado. [169] No se preocupaba. [170] Los herreros solían trabajar de noche, tal vez por el calor.

ha puesto a correr, no? Ya sabes a lo que me refiero, por San Neot.[171]

Pero Absalón no hacía caso de estas bromas, y no contestó. Tenía mucho que pensar, más de lo que Gervasio se creía.

—¿Me prestarías esa reja de arado que tienes allí, al fuego? —le preguntó—. Esa caliente, la necesito para un asunto. Te la devuelvo muy pronto.

—Si me pides oro —respondió Gervasio—, o una bolsa de monedas, o un tesoro incontable será también tuyo, te lo juro como herrero. Pero, ¿para qué quieres eso, por Dios?

—Cosas mías —dijo Absalón—, ya te lo contaré algún día.

Y cogió la reja por donde estaba fría, y salió de la herrería para dirigirse, con sigilo, a la casa del carpintero. Como hiciera antes, tosió y llamó con los nudillos.

—Alguien llama —dijo Alison—. ¿Quién es? Será un ladrón.

—No mi pequeño pétalo, soy vuestro Absalón, cariño mío. Mirad lo que os he traído, un anillo de oro que juro por Dios que me dio mi madre. Es muy fino y bien labrado. Si me besáis, mi amor, os lo daré.

Resultó que Nicolás se había levantado a hacer pis, y pensó que podía mejorar la jugada de antes haciendo a Absalón besarle el culo a él. Abrió la ventana de un tirón y sacó el hermoso trasero desde la rabadilla hasta el muslo.

—Hablad, mi tortolita, que no os veo —dijo Absalón.

En esto, Nicolás le suelta un pedo, sonoro como un trueno. Casi se queda ciego el pobre Absalón, pero tenía su hierro caliente listo, y ¡toma!, atinó a darle justo entre

171 Santo del siglo IX.

las nalgas. Al menos un palmo de piel le despellejó alrededor, tanto le quemó el culo la reja ardiente. Y tal era el dolor que Nicolás pensó que se moría, y loco de agonía empezó a gritar:

—¡Socorro! ¡Agua! ¡Agua! ¡Socorro! ¡Por el amor de Dios!

Esto despertó al carpintero que arriba dormía, y al oír gritos de «agua» y jaleo, pensó: «Ay, que Dios nos salve, es el diluvio de Noé». Y se incorporó en la tina, cogió el hacha sin más y cortó las cuerdas. Todo cayó abajo. Sin detenerse a catar el pan y el queso, cayó al suelo y se desmayó. Alison se levantó, y salió a la calle con Nicolás, gritando «¡socorro!» y «¡nos asesinan!». Llegaron los vecinos corriendo y vieron al pobre carpintero que allí yacía, pálido. Se había roto el brazo dos veces con el golpe, pero aun así se vio obligado a aguantarse, puesto que cuando empezó a hablar, Nicolás y Alison le interrumpieron. Estos contaron a todos que estaba loco, que una obsesión con el diluvio de Noé le invadía el cuerpo, que su imaginación y delirio le llevaron a comprar las tres tinas, y que las había colgado del techo. Dijeron también que les había rogado que le hicieran compañía allí arriba. Y todos empezaron a reírse al escuchar esta locura, y subieron arriba a mirarlo todo, y se tomaron las dolencias del carpintero a broma. Por mucho que dijera, nadie le hacía caso. Con grandes tacos le hacían callar, y todos pensaron que estaba majara. Incluso los sabios comentaban: «Hermano, este está loco». Y así se mofaban todos de él.

Y así fue cómo se follaron a la joven mujer del carpintero, por muchos celos que tuviera él; y así le besó Absalón el ojo de abajo, y Nicolás quedó abrasado en el trasero. Y que Dios nos salve a todos.

EL CUENTO DEL MERCADER

PRÓLOGO

—Como todos los casados, supongo, conozco bien el llanto y el sollozo, la cuita y otros dolores, tanto de noche como de día —dijo el mercader—. Así son las cosas, y así me va. Tengo esposa y es la peor del mundo. Os digo que si estuviera casada con un demonio del infierno ella le vencería. ¿Para qué escoger uno solo de sus vicios, para qué recordar su creciente maldad? Es una arpía en todo. Y debo decir que hay una gran diferencia entre la paciencia de Griselda[172] y el comportamiento de mi mujer. Su crueldad rebuscada es el colmo. Si estuviera yo libre... ¡Nunca más, nunca más caería en la trampa! Para nosotros, los casados, la vida es tristeza y cuita. Que lo intente quien quiera, que le prometo que comprobará que digo la verdad, lo juro por Santo Tomás,[173] para la mayoría —que no todos— de nosotros. Y que Dios nos libre de que pasen estas cosas. Mi

[172] Protagonista del cuento anterior, el del estudiante, en el que Griselda es ejemplo de paciencia. [173] Este Santo Tomás no es, como en el cuento del molinero, Thomas Beckett, sino el apóstol que sólo cree lo que ve.

buen mesonero,[174] llevo casado estos últimos dos meses, nada más, os lo juro. Pero creo que no vive soltero (aunque le rajemos hasta el corazón con un cuchillo) que pueda entender ni la mitad del tormento y el infierno que me da mi insoportable esposa.

—¡Que el Señor os proteja la vida! —contestó el mesonero—. Pero ya que sabe tanto del arte del matrimonio, os ruego que nos imparta algo sobre él.

—Será un placer —dijo el mercader—, pero a nivel personal tengo el corazón tan escaldado que no hablaré más de mí.

Hace tiempo, residía en Lombardía[175] un noble caballero nacido en Pavía,[176] donde vivía en gran prosperidad. Vivió soltero sesenta años, buscando sus placeres físicos con mujeres según le apetecía, como hacen los tontos seglares. Y pasados estos sesenta años, no sé si por religión o por senilidad, al caballero le entraron tales ganas de casarse que se pasaba las veinticuatro horas del día buscando con quién esposarse y rogándole a Dios que le dejara saber cómo era esa vida tan dulce que comparten marido y mujer, para así vivir bajo el yugo sagrado con el que Dios juntó al primer hombre y a la primera mujer.[177]

—Ningún otro tipo de vida vale un rábano —decía este anciano y sabio caballero—, porque el matrimonio es tan puro y tan placentero que resulta un paraíso terrenal.

[174] Henry Bailey, que juzga los cuentos. [175] Región del norte de Italia. [176] Capital de la provincia homónima, situada a unos kilómetros al sur de Milán. [177] Pasaje lleno de ironía, como los que seguirán, al ir en boca de quien aborrece el matrimonio.

Y tan cierto como que Dios es rey, tomar esposa es algo glorioso, sobre todo cuando un hombre es viejo y canoso. Entonces es su mujer la fruta de su tesoro. En estos casos debe casarse con una chica joven y bella, para engendrar un heredero, y así llevar una vida de alegrías y placer. Mientras, los solteros se afligen cuando encuentran problemas de amor, cosa que no es más que vanidad infantil. Y, francamente, conviene que sea así, que los solteros sufran pena y desgracia, pues construyen sobre tierra insegura, y cuando buscan certeza, encuentran incertidumbre. Viven como las aves y las bestias, libres y sin restricciones, mientras que el casado vive una vida feliz y ordenada, atado al yugo matrimonial. Abunda la felicidad en su corazón y la alegría, pues ¿quién puede ser más obediente que una mujer? ¿Quién puede serle tan fiel, y tan devota, manteniéndole sano y salvo, como una compañera? Porque ella no le abandonará ni en lo bueno ni en lo malo, ni recela de amarle y servirle aunque se encuentre postrado en cama y muerto de hambre. Aunque algunos clérigos puedan negarlo, como es el caso de Teofrasto.[178] Pero, ¿qué importa que Teofrasto mienta sobre esto? «No te cases», dice, «para economizar y ahorrarte gastos en casa. Una buena sirvienta se preocupa más por ayudarte que una esposa, porque esta última te exige la mitad de tus cosas toda la vida. Y si te pones malo —Dios no lo permita—, tus mismos amigos o un buen criado te cuidarán mejor que ella, que siempre lleva mucho tiempo esperando tus bienes. Además, si llevas esposa a casa, muy fácilmente puedes ser cornudo». Este hombre escribe esto y cien cosas peores: ¡que

[178] Autor que escribió un tratado sobre el matrimonio.

Dios le castigue! Pero no hagáis caso a este iluso. Ignorad a Teofrasto y escuchadme a mí.

Pues verdad es que una esposa es un regalo de Dios. Toda otra suerte de regalos, como tierras, rentas, pastos, fincas, muebles, son ciertamente regalos de la Fortuna, que se esfuman como una sombra en un muro. Pero no dudéis que digo con franqueza que una esposa puede durar y aguantar en casa más tiempo del que quizás pensáis.

El matrimonio es un gran sacramento. Considero que todo aquel que no tenga esposa está arruinado. Vive sin ayuda y desolado. Me refiero a los seglares, claro. Y escuchad, pues esto no lo digo por decir, porque la mujer está hecha para ayudar al hombre. Dios, en lo alto, cuando creó a Adán, vio que estaba solo y desnudo. Y entonces el Señor, por su bondad, dijo: «Creemos una ayuda para este hombre, una cosa parecida a él», e hizo a Eva. Aquí veis, y con esto lo pruebo, que la mujer es la ayuda y el consuelo del hombre, su paraíso terrenal y su placer. Es tan obediente y buena que por necesidad deben vivir juntos. Son una carne sola, y una sola carne, digo yo, tiene un solo corazón, para bien y para mal.[179]

¡Ay, una mujer! ¡Que Santa María nos bendiga! ¿Cómo puede un hombre tener problemas si tiene esposa? La verdad, no sé decirlo; la felicidad que comparten no la puede explicar ninguno con su lengua, ni sentirla en su corazón. Si él es pobre, ella le ayuda a trabajar. Cuida de sus enseres sin desperdiciar nada. Todo lo que su marido desea le place. Y nunca dice que no cuando él dice que sí. «¡Haz esto!»,

[179] El narrador expone la ideología oficial eclesiástica sobre el matrimonio, la cual, irónicamente, quedará completamente desmentida por el relato.

dice él. «Ya está, señor», responde ella. ¡Ay, feliz estado de valioso matrimonio! Eres tan alegre, y además tan bueno, y también tan recomendable, y encomiable, que cualquier hombre que se precie un pimiento debería pasarse la vida arrodillado dando gracias a Dios por enviarle esposa, o rogando que le mande una mujer que le dure hasta el fin de sus días. Pues así su vida está anclada en la seguridad, y no puede ser engañado, digo yo, si sigue los consejos de su esposa. Entonces puede andar con la cabeza alta, porque ellas son fieles, y también muy sabias. Por eso, cuando queráis actuar como un sabio, haced siempre lo que aconsejan las mujeres.

Ved cómo Jacob, según cuentan los clérigos, gracias a los consejos de su madre, Rebeca, se echó la piel del cabrito al cuello y se ganó la bendición de su padre. Judit, como cuenta el cuento, salvó al pueblo de Dios con consejos sabios, y mató a Holofernes mientras dormía. Abigail, con buen consejo, salvó a su marido Nabal cuando le iban a matar. Esther también sacó al pueblo de Dios de la miseria, y exaltó a Mardoqueo de Asajuero.[180]

Como dijo Séneca, no hay nada más superlativo que una humilde esposa. Aguantad, dice Catón,[181] la lengua de vuestras esposas. Ella ordena, y vosotros aguantáis, aunque ella también obedezca por cortesía. Una esposa es el guardián de vuestros bienes. El enfermo ya puede

[180] En todos estos ejemplos bíblicos, las mujeres engañan a los hombres para conseguir sus fines. Rebeca engaña a Isaac para que bendijera a Jacob en vez de Esaú; Judit engaña a Holofernes y le corta la cabeza; Abigail engaña a David para salvar a Nabal; y Esther engaña a Asuero para salvar a Mardoqueo. [181] Lucio Anneo Séneca (49 a.C.-65 d. C.) y Marco Poncio Catón (234 a. C.-149 a. C.), escritores y oradores latinos, célebres por su severidad moralizante. Las citas, sin embargo, son inventadas, lo que busca el efecto cómico entre entendedores y gente culta.

lamentarse y llorar si no tiene esposa para llevar su hogar. Os insto a que queráis bien a vuestras esposas si queréis obrar bien, así como Cristo amó a su Iglesia. Nadie odia su cuerpo, todo lo contrario, lo cuida, y por eso os pido que cuidéis a vuestras esposas como os cuidáis a vosotros. Un marido y su mujer, aunque la gente se mofe y se ría, llevan el camino más seguro de los que habitamos el mundo. Están tan unidos que nada puede dañarles, sobre todo a la mujer.

Por eso Enero, el caballero del que hablaba, pensó en su vejez en la vida alegre y la tranquilidad que trae un matrimonio dulce como la miel. Un día llamó a sus amigos para contarles su decisión. Con cara seria les dijo:

—Amigos, estoy viejo y canoso y, Dios lo sabe, con un pie en la tumba. Debo pensar en mi alma. He gastado mi cuerpo tontamente. Pero, gracias a Dios, voy a remediarlo, puesto que voy a casarme lo más rápido posible. Os pido que preparéis de inmediato mis nupcias con una chica guapa y joven, pues no quiero esperar. Y yo, por mi parte, buscaré rápidamente con quien casarme. Pero, como sois muchos y yo uno sólo, vosotros la encontraréis mejor que yo, y me diréis qué debo hacer.

Pero sí os aviso, queridos amigos—continuó—, que no quiero una vieja para nada. Que no pase de veinte años: me gusta el pescado viejo y la carne fresca. Mejor es un lucito que un lucio, y la ternera tierna está más rica que la vaca vieja. Yo no quiero una mujer de treinta años:[182] no es más que paja y comida para animales. Además, y lo sabe el Señor, las mujeres viejas manejan

182 Entonces la esperanza de vida era menor que ahora, y a una persona de treinta años se la consideraba madura o incluso vieja, sobre todo si era mujer.

bien el barco, siendo malas cuando quieren, y con ellas no podría vivir en paz. Ir a muchas escuelas hace bueno al estudiante, y la vieja es alumna de muchas escuelas. Pero un hombre puede guiar a una joven como se maneja la cera caliente con las manos. Insisto en que no quiero una vieja, porque si tuviera tan mala fortuna no podría divertirme con ella y acabaría siendo adúltero, lo que me mandaría directamente al diablo al morir. No tendría hijos con ella, y prefiero que me devoren los perros a que mi herencia vaya a parar a manos extrañas. Esto os lo digo a todos, que no dudo que un hombre ha de casarse, y creo, además, que muchos hombres hablan del matrimonio sabiendo menos del tema que mi paje. He aquí las razones por las que un hombre ha de casarse: si no es capaz de vivir casto toda la vida, debe tomar una esposa con gran devoción por razones de procreación lícita de hijos, en honor del Señor, y no sólo por amor sexual. Y para evitar la lujuria y cumplir cuando es debido. También para ayudarse cuando hay problemas, como hermano y hermana, y para vivir en religiosa castidad. Pero, señores, con permiso, este último no es mi caso porque, gracias a Dios, siento mis piernas fuertes y activas, y sin fanfarronear, listas para hacer todo lo que un hombre tiene que hacer. Yo mejor que nadie sé lo que puedo hacer. Aunque canoso, soy como un árbol que florece antes de dar frutos, y un árbol que florece ni está seco ni muerto. Sólo soy canoso de cabeza, mi cuerpo y mis miembros son tan verdes como el laurel, que se mantiene el año entero. Y ahora que sabéis cuál es mi plan, os ruego que deis el visto bueno.

Varios hombres le expusieron viejos ejemplos sobre el matrimonio. Algunos lo criticaban y otros lo elogiaban.

Pero al final, sin explayarme, como todos los días acaece alguna diferencia de opinión entre dos amigos, surgió una disputa entre sus hermanos, uno llamado Placebo y el otro Justino.[183]

—Hermano Enero, querido señor —habló Placebo—, poca necesidad tenéis de consejo de los que aquí estamos. Sois tan perspicaz, tan prudente, que no podéis obviar las palabras de Salomón, que nos dice: «Obrad siempre aconsejados y no os arrepentiréis». Pero aunque Salomón dijo esto, querido hermano y señor, y que Dios me salve, yo creo que vuestro propio consejo es lo mejor. Hermano mío, escuchadme pues he sido hombre de corte toda mi vida, y Dios sabe que, aunque no soy digno, he estado en compañía de grandes señores y nunca he discutido con ellos ni les he llevado la contraria.[184] Sé que mi señor sabe más que yo. Y considero que lo que él diga es firme y bueno. Por eso digo lo mismo o algo parecido. Cualquier consejero que sirva a un gran señor es un idiota si osa presumir o pensar que sus consejos son mejores que la sabiduría de su señor. Porque no, los señores no son idiotas, os lo juro. Vos mismo habéis bien expuesto aquí hoy una opinión religiosa con la cual estoy totalmente de acuerdo. ¡Juro por Dios que en esta ciudad, no, en toda Italia, no hay nadie que la hubiera expuesto mejor! Hasta Cristo está satisfecho con lo dicho. Y, la verdad, es de mucho valor para un hombre de avanzada edad tomar una esposa joven. ¡Por mi padre, que vuestro corazón será feliz! Llevad este asunto como queráis, que creo que es lo mejor.

[183] Nombres significativos: el que ataca el matrimonio es Justino, nombre que proviene de «justo»; el que lo defiende, Placebo, es decir, «medicamento agradable al paladar, pero de poca o ninguna sustancia». [184] Ironía sobre el servilismo y la adulación cortesanos, como el resto del discurso de Placebo.

Pero Justino, que escuchaba tranquilamente, respondió así a Placebo:

—Bueno, hermano mío, os ruego que tengáis paciencia. Ya que habéis hablado, escuchadme a mí. Entre los sabios dichos de Séneca, hay uno que anima al hombre a considerar con cuidado a quién le da sus tierras y sus reses. Y si debo considerar bien a quién le doy mis bienes, mucho más debo considerar a quién le doy mi cuerpo de por vida. Digo que no es cosa de niños casarse sin consejo. Un hombre debe informarse si la mujer es lista, sobria, bebedora, orgullosa, una arpía, una quejica, una desperdiciadora de los bienes, rica, pobre, o deseosa de compañía masculina. Y nadie encontrará una hembra que satisfaga en todo esto, ni en ser humano ni en animal. Sin embargo, en una mujer basta con que tenga más virtudes que vicios, y averiguar esto requiere tiempo. Dios sabe que desde que me casé he llorado mucho en privado. Que sepa quien quiera vivir casado que yo no veo más que gastos y cuitas y obligaciones, sin nada de placer. Y esto a pesar de que mis vecinos, sobre todo las mujeres, dicen que tengo la esposa más fiel y más humilde del mundo. Pero yo sé dónde me aprieta el zapato. Podéis, por mí, hacer lo que queráis. Pero considerad, siendo un hombre mayor, cómo entráis en el matrimonio, sobre todo con una joven hermosa. Por aquel que creó el aire, el agua, la tierra, hasta el más joven de esta compañía tiene que esforzarse para que su mujer no le traicione. Creedme, no la podréis complacer ni tres años, me refiero a darle plena satisfacción. Una mujer exige muchos deberes conyugales. Os ruego que no acabéis decepcionado.

—Y bien —dijo Enero—, ¿has terminado? Séneca y tus proverbios me importan un bledo. Tus frases escolásticas me importan un rábano. Hombres más sabios que tú, como has oído, están de acuerdo conmigo. ¿Vos qué decís, Placebo?[185]

—Yo maldigo a todo aquel que le ponga pegas al matrimonio —contestó.

Y con esto se levantaron todos y acordaron que se casara cuándo y con quién quisiera.

Grandes fantasías y curiosas preocupaciones acerca de su casamiento empezaron a invadir la cabeza de Enero todos los días. Muchas figuras bonitas y caras bellas pasaban por su mente por las noches. Y como el que pone un espejo reluciente en un vulgar mercado puede ver muchas bellezas pasar reflejadas, así Enero empezó a pensar en las muchachas del vecindario. Y no sabía con cuál quedarse, puesto que si una era guapa de cara, otra era seria y grácil, y esta última era del agrado de la gente. Otras eran ricas, y otras tenían mala fama. Sin embargo, entre bromas y veras, por fin se fijó en una y despejó a las demás de su corazón, escogiéndola él mismo. Porque el amor es siempre ciego y no quiere ver. Y cuando estaba en cama, pensó en su belleza fresca y tierna edad, su cintura esbelta, sus largos y finos brazos, su decoro, su noble porte, su feminidad y seriedad. Y fijado su interés, supo que no cambiaría de opinión, porque dado que él había llegado a esta decisión, desestimó por malo el parecer de otras personas y tal era su fantasía que pensó que era imposible rebatir su elección. Mandó avisar a sus amigos que vinieran, para que dejaran sus esfuerzos. Ya no hacía falta que buscaran: estaba decidido ya.

185 El trato de *tú* a Justino, frente al más respetuoso *vos* a Placebo, denota el enfado de Enero ante las opiniones del primero.

Llegaron Placebo y sus amigos, y primero les pidió un favor: que ninguno de ellos argumentara contra la decisión que había tomado, dado que, decía, su plan era del agrado de Dios y la base de su felicidad. Explicó que en la ciudad había una moza famosa por hermosa, aunque era de familia humilde. Pero bastaban su juventud y belleza. Esta moza, dijo, sería su esposa para que vivieran en paz y santidad. Dio gracias al Señor por que la fuera a poseer y que nadie fuera a romper su gozo, y les rogó que colaboraran en este asunto, llevándolo al éxito.

—Pues así —decía— mi alma estará tranquila. Nada podrá desairarme excepto una cosa que me preocupa, y que os contaré. He oído decir, hace tiempo, que nadie puede vivir dichosamente dos veces, me refiero a aquí en la tierra y en el Cielo. Pues aunque rehuya los siete pecados, y todas las demás ramas de ese árbol, hay tanta felicidad, tanto placer y tanto deseo en el matrimonio, que estoy asustado porque voy a llevar una vida tan placentera en mi vejez, tan deliciosa y tranquila, que voy a gozar del paraíso aquí en la tierra. Pero si el Cielo se gana caro, con sufrimiento y grandes penas, ¿cómo yo, que voy a vivir gozando de mi esposa como todo casado, cómo yo podré llegar a la gloria donde reside eternamente Cristo? Este es mi temor, y a vosotros, hermanos míos, os ruego me expliquéis esto.

Justino, que aborrecía esta locura, dio rápida respuesta a esa necedad, y sin citar ninguna autoridad, para ir al grano dijo:

—Señor, si no hay más problema que este, puede que antes de que la iglesia os entierre, el milagroso Dios de su misericordia haga que os arrepintáis de la vida de casado, la cual decís está libre de cuitas. Además, Dios envía su gracia para que se arrepienta un casado antes que un soltero. Por eso, mi señor, os doy el mejor consejo que tengo: no desesperéis, tened en mente que quizás ella sea vuestro purgatorio, instrumento y azote de Dios. Entonces vuestro espíritu subirá al Cielo más veloz que una flecha lanzada de un arco. Espero, por Dios, que pronto sepáis que en el matrimonio no hay tanta felicidad ni nunca la habrá como para olvidar vuestra salvación. Emplead vuestra razón para que disfrutéis de vuestra mujer con moderación, sin gozar de amores en exceso, sin caer en otros pecados. No tengo más que decir pues no soy muy listo. No temáis, hermano, y saldremos de este lío. Si habéis escuchado, la señora de Bath ha tratado el tema del matrimonio sucintamente.[186] Os deseo suerte, y que Dios os tenga en gracia.

Y con estas palabras Justino y su hermano se despidieron, porque al ver que tenía que ser así, obraron con destreza y habilidad para que la moza, que se llamaba Mayo, se casase con Enero lo más rápido posible.[187] Creo que tardaría demasiado si os comentase cada escritura y cláusula del contrato por el cual ella recibía tierras, y la porción que se le traspasaba de los bienes. Por fin llegó el día que fueron a la iglesia para recibir el santo sacramento. Salió el cura con su estola, y a ella le ordenó que fuera tan sabia y fiel como Sara o Rebeca.[188] Rezó, les santiguó, y rogó la bendición del Señor para ellos, y concretó todo con santidad.

[186] La mujer de Bath, otro de los peregrinos, ha contado un cuento sobre el mismo asunto, aunque en un tono más serio. Pero nótese el error: ¿cómo puede el personaje del cuento saber lo que ocurre entre los peregrinos? El personaje sale del cuento y se inserta en el marco narrativo. [187] Los nombres de Enero y Mayo también son significativos: él, la vejez y frialdad del invierno; ella, la lozanía y calidez de la primavera. [188] Personajes bíblicos ambos de dudosa fidelidad y sinceridad.

Y así se casaron solemnemente, y en el banquete se sentaron en la plataforma con los otros dignatarios. Todo el palacio se llenó de alegría y jolgorio, de música y de comida, la mejor de Italia. Ante ellos sonaban instrumentos tan melódicos que ni siquiera Orfeo, ni Anfión de Tebas,[189] hubieran tocado tales armonías. Cada plato que servían lo anunciaba un clamor de clarines, que ni el mismo Joab había escuchado, ni el noble Teodomas en Tebas cuando la ciudad estaba sitiada.[190] Baco repartía el vino y Venus sonreía a los mozos, pues Enero se había hecho caballero de su compañía para probar su coraje de soltero como hombre casado. Y con su antorcha en mano, Venus bailaba ante la novia y el resto del grupo. Y por cierto, debo comentar que Himeneo,[192] dios del matrimonio, nunca había visto a un hombre casado tan feliz. No cantes nada, Marcial,[193] tú que nos narraste la alegre boda de Filología y Mercurio, y las canciones que les dedicaron las Musas.[194] Tu pluma y tu lengua son muy pequeñas para describir esta boda: cuando la tierna juventud se casa con la corva vejez, hay tanto júbilo que no se puede describir. Pruébalo y verás si miento.

Mayo, hermosa a los ojos, estaba sentada y con cara de bondad. Tan inocente era su mirada que ni la reina Esther dirigió tal mirada a Asuero. No puedo deciros

[189] Orfeo y Anfión de Tebas, personajes de la mitología grecolatina que con su música fueron capaces de mover las piedras. [190] Joab: personaje bíblico del libro de Samuel del viejo testamento. Teodomás: agorero de Tebas. No se sabe a qué episodios pueda referirse. [191] Baco: dios de las viñas, el vino y el delirio místico. Venus: diosa del amor. [192] Himeneo: dios que preside el cortejo nupcial. Nótese cómo habla de los dioses como de cualquier otro invitado a la boda. [193] No es el célebre poeta satírico romano, sino un autor latino del siglo v que escribió un poema sobre las bodas de Filología y Mercurio. [194] Musas: en la mitología grecolatina, cantoras divinas y diosas de las artes que inspiran a los artistas.

toda su belleza, pero sí puedo decir esto: era como una mañana soleada de mayo, llena de belleza y bienestar. Cada vez que Enero veía su cara se quedaba encantado. En su corazón empezó a pensar cómo esa noche la cogería en brazos, para darle más fuerte que Paris a Elena.[195] Sin embargo, sentía gran pena de tener que ser duro con ella esa noche, pensando: «¡Ay, dócil criatura! Que Dios te proteja de mi deseo, tan afilado y tan encendido. Me temo que no lo puedas aguantar. ¡Dios, no dejes que use toda mi fuerza![196] Ojalá llegara ya la noche y que durara para siempre. Y ojalá se marchara toda esta gente». Entonces hizo todo lo posible, pero guardando las formas, para alejarles de las viandas con sutileza.

Llegó la hora de ponerse en pie, y la gente bailó y bebió bien. Llenaron la casa de especias,[197] y todos estaban repletos de alegría y felicidad. Todos menos un palafrenero llamado Damián, que servía a nuestro caballero desde hacía tiempo, y estaba tan enamorado de la señora Mayo que el dolor casi le volvía loco. Casi se moría o desmayaba, tan fuerte le había dado Venus con la antorcha que llevaba en la mano mientras bailaba. Por eso se fue rápido a la cama. De momento no diré más de él, dejémosle llorar y quejarse hasta que la joven Mayo se apiade de sus penas.

¡Ay, fuego peligroso que nace en la paja del colchón! ¡Ay, enemigo simpático que ofrece sus servicios! ¡Sir-

[195] Personajes de la mitología grecolatina cuyos amores ilícitos provocaron la guerra de Troya. [196] El ridículo del *senex amans* llega a su extremo en su pretensión de potencia y rudeza sexual frente a la supuestamente delicada y virgen muchacha. [197] Las especias eran muy apreciadas y caras, y servían no sólo para conservar los alimentos sino también para desinfectar y aromatizar las casas.

viente traidor, embustero criado de casa! Eres como la serpiente, falsa de corazón. Dios nos guarde de ti. ¡Ay Enero, ebrio de la felicidad del matrimonio, no ves cómo tu Damián, tu palafrenero nacido en tu casa, quiere deshonrarte! Que Dios te ayude a ver al enemigo en casa, pues no hay nada peor en este mundo.

El sol, cumplido ya su arco diurno, no podía permanecer en el horizonte en esa latitud. La noche empezó a envolver el hemisferio con su manto rudo y oscuro. Entonces la alegre banda de invitados dio las gracias a Enero despidiéndose y se marcharon. Volvieron a caballo a sus casas, para hacer lo que fuera hasta ver que era la hora de descansar. Entonces, acelerado, Enero quiso ir a la cama pues ya no quería esperar más. Bebió hipocrás, clarete y vino dulce[198] con especias para animar su pasión, y tomó también muchas pócimas, de las que el maldito monje Constantino ha descrito en su libro *De Coitu*.[199] No tuvo problemas con tomárselo todo. A sus amigos íntimos dijo:

—Por el amor de Dios, vaciar esta casa lo antes posible pero con educación.

Y así lo hicieron. Los hombres bebieron y luego corrieron las cortinas. Trajeron a la cama a la novia, que estaba tan tranquila como una piedra. Y una vez que el cura hubo bendecido el lecho, todo el mundo salió de la habitación. Enero abrazó a su joven Mayo, su paraíso, su pareja. Le murmura, la besa, y con los pelos duros de la barba, que parecía la piel de un pez-perro o una zarza (se había afeitado de alguna forma nueva), le frotaba su tierna piel.

[198] Se les suponían efectos afrodisíacos. [199] *Sobre el coito*: libro del siglo XI.

—Me temo, esposa mía —dijo—, que antes de que me quede dormido debo ofenderte.[200] Pero piensa —prosiguió— que no hay ningún tipo de artesano que sepa trabajar bien y rápido a la vez. Esto tiene que hacerse con tiempo y despacio. No importa cuánto tiempo juguemos ya que estamos casados de verdad; bendito sea nuestro yugo pues nuestros hechos no son pecado. Un hombre no puede pecar con su mujer, ni herirse con su propio cuchillo. Tenemos permiso de la ley para disfrutar.

Y entonces trabajó hasta el amanecer, cuando bebió un trago de clarete fino, se incorporó en la cama, empezó a cantar alto y claro, besó a su mujer, y celebró con desenfreno. Estaba lleno de energía y de pasión, y charlaba como una urraca. Los colgajos de piel bajo su barbilla bailaban mientras cantaba y charlaba. Sólo Dios sabe lo que Mayo pensó cuando le vio sentado con su camisón, su gorro y su flaco cuello. A ella no le agradaban para nada sus juegos.

—Voy a descansar —dijo él—. Ahora que ha llegado el día, no puedo aguantar despierto.

Y se echó a dormir hasta las nueve. Y luego, al ver la hora, Enero se levantó. Pero la joven Mayo permaneció en la habitación cuatro días, como acostumbran las recién casadas. Porque toda labor requiere descanso, si los seres, ya sea pez, ave, bestia u hombre, han de durar.

Ahora hablemos del triste Damián, que languidecía por amor. Yo le digo: «¡Ay pobre Damián! Contéstame. ¿Cómo vas a contarle tus penas a tu señora, la joven Ma-

[200] Hacerte perder la virginidad. Él la ve como una damisela joven e ingenua, pero ella está fría y distante y no se inmuta ni siente placer o deseo.

yo? Ella te dirá siempre que no. Además, si se lo dices, ella te delatará. Que Dios te ayude, no sé qué decirte».

Damián enfermaba y ardía de deseo en el fuego de Venus, por lo cual arriesgó su vida. Ya no soportaba más, así que tomó prestado una cuartilla y escribió sus penas en una carta al estilo de una lamentación poética, dedicada a su bella y joven señora Mayo. Metió la epístola en una bolsa de seda que se ató a la camisa, para que le colgara sobre el corazón.

La luna, que al mediodía de la boda de Enero y la joven Mayo estaba en la segunda casilla de Tauro, pasó a Cáncer,[201] tanto tiempo aguardó Mayo en su cuarto según la noble costumbre. Una novia no come en la sala hasta que pasen cuatro, o al menos tres días; sólo después ya puede ir a comer. Completado el cuarto día, de mediodía a mediodía, y terminada la sagrada misa, se encontraban en la sala Enero y Mayo, fresca como un día de verano. Y entonces el buen hombre se acordó de Damián y dijo:

—Santa María, ¿cómo es posible que Damián no me atienda? ¿Está malo, o qué pasa?

Y los sirvientes que se encontraban allí le excusaron, diciendo que estaba enfermo, lo que le impedía cumplir con su deber, y que esta era la única causa que lo retenía.

—Esto me apena —dijo Enero—, pues juro que es un palafrenero noble, y si se muriera sería triste y penoso. Es más listo, discreto, reservado, que cualquier otro hombre de su clase; es, además, viril y servicial, y tam-

201 En los textos de la Edad Media era habitual, y considerado elegante, describir el paso del tiempo por medio de movimientos astronómicos.

bién frugal.[202] Después de comer, en cuanto pueda, iré a verle, y Mayo también, para animarle todo lo que pueda.

Y todos los allí presentes le bendecían este acto noble, de ir, por bondad y gentileza, a animar a su palafrenero enfermo.

—Señora —dijo Enero—, no olvidéis que después de comer habéis de ir con las damas a ver a Damián. Dadle alegría, pues es un hombre noble, y decidle que iré a visitarle cuando haya descansado un poco. Id rápido, porque esperaré a que estéis a mi lado.

Y entonces llamó al senescal para instruirle en ciertas cosas.

La joven Mayo, con sus damas de honor, fue directamente a ver a Damián. Se sentó al lado de la cama y empezó a animarle como mejor supo. Damián, viendo esta oportunidad, puso con disimulo la bolsa con la carta donde había escrito sus deseos en las manos de ella, y suspiró profunda y penosamente.

—Piedad —susurró—, no me delatéis, pues si esto sale a la luz, estoy muerto.

Ella escondió la bolsa en el pecho y se marchó. No digo más. Fue junto a Enero, que la esperaba sentado en la cama. Él la cogió en brazos y la empezó a besar, y luego se echó a dormir. Ella simuló que tenía que ir a ese sitio adonde todos hemos de ir, y después de leer la carta, la rompió en pedazos y la tiró por el retrete.

¿Y quién, si no la joven Mayo, tenía ahora en qué pensar? Se acostó al lado del viejo Enero, que durmió hasta que la tos le despertó. Inmediatamente le dijo que se des-

[202] Nótese la ironía: el propio Enero describe las virtudes de Damián que servirán para engañarle.

nudara, ya que quería, dijo, algo de placer y la ropa le estorbaba, y ella le obedeció, no sé si con ganas o sin ellas. Pero para que la buena gente no se enfade conmigo, no os contaré lo que él hizo, ni si a ella le parecía el paraíso o el infierno: les dejo obrar a su manera. Y así estuvieron hasta que sonó la sexta hora[203] y se levantaron.

No sé si fue por destino o por azar, por la influencia de la naturaleza o de los astros que en ese momento estaban en el cielo dispuestos para impulsar un amorío en una mujer, para ganar su amor (todos los eruditos dicen que cada cosa tiene su momento); no lo sé. Sólo el gran Dios en el Cielo sabe que nada ocurre sin causa; Él lo juzga todo, así que yo me callo. Pero lo cierto es que la joven Mayo sentía ese día tanta pena por el enfermo Damián, que no era capaz de sacar de su corazón el deseo de ayudarle.

—La verdad —pensó—, no me importa a quién pueda disgustar esto, porque juro que le quiero más que nadie, aunque no tenga más que la camisa que viste.

Ya veis cómo la piedad abunda en un corazón noble. Veis la noble generosidad de las mujeres, cuando reflexionan cuidadosamente. Algún tirano hay con el corazón de piedra que, en el lugar de ella, lo hubiera dejado morir antes que ceder. Tirano que se regocijaría de su crueldad sin considerarse homicida.

La noble Mayo, llena de misericordia, escribió con su propia mano una carta en la que le concedía su gracia. Sólo hacía falta el día y el lugar para que se entregara a sus deseos. Sea lo que él quiera. Y viendo su oportunidad, un día fue Mayo a ver a Damián, y con disimulo

203 La correspondiente al oficio eclesiástico llamado *sexta*: al anochecer.

dejó la carta bajo su almohada, para que la leyera si quería. Ella le cogió de la mano y la apretó sin que nadie lo viera, y le dijo que se curara, y se fue a ver a Enero que la buscaba.

A la mañana siguiente Damián se levantó: sus males y sus penas estaban curados. Se peinó, se limpió, se engalanó, e hizo todo lo que le podía gustar a su señora. Y luego fue a ver a Enero, postrándose como un perro. Fue encantador con todos (esta habilidad es importante para el que sepa hacerlo), y todos hablaron bien de él. Y cayó en gracia con su señora. Dejemos a Damián con sus cosas, que seguiré con mi cuento.

Algunos sabios mantienen que la felicidad reside en el placer, por lo que seguro que el noble Enero se preparaba para vivir deleitándose, como atañe a poderoso caballero. Sus aposentos y su vestimenta eran honrosos como los de un rey. Entre sus nobles cosas, tenía el jardín más bello que conozco, cercado con un muro de piedra. Sin duda, el que escribió el *Roman de la Rose*[204] no podría imaginar tanta belleza. Ni siquiera Príapo,[205] dios de los jardines, sabría describir lo hermoso que era el jardín, que tenía un pozo bajo un laurel que siempre reverdecía. Según cuentan, Plutón y su reina Proserpina[206] y sus hadas disfrutaban bailando y tocando música alrededor del pozo.

[204] Célebre poema alegórico-amoroso francés del siglo XIII, una de las obras maestras de la literatura medieval europea, ampliamente difundida por todo el continente. [205] Dios de la mitología grecolatina, hijo de Baco y Venus, cuya misión era guardar viñas y jardines. Se le representa siempre mostrando un enorme falo enhiesto, como símbolo de fecundidad y potencia sexual, por lo que puede ser referencia jocosa a la falta de la misma en Enero. [206] Plutón y Proserpina, dioses del infierno en la mitología grecolatina, no tenían en la tradición literaria y popular inglesa un valor maligno: eran reyes de hadas, elfos, duendes, etc., que poblaban por la noche bosques y jardines.

El viejo y noble Enero obtenía tal placer paseando por allí que no le dejaba la llave a nadie. Llevaba consigo siempre la llave de plata con la que se abría la puerta. Y cuando, en verano, le apetecía cumplir con su deber conyugal, iba allí con Mayo, pero sólo ellos dos. Y lo que no lograba hacer en la cama, allí lo hacía con éxito. Así vivieron muchos días placenteros Enero y la joven Mayo, pero los placeres de la vida no duran eternamente, ni para Enero ni para nadie.[207]

¡Ay, suerte repentina, Fortuna esquiva! Eres traidora como el escorpión, que adula con la cabeza antes de picar; tu cola es muerte por el veneno. ¡Ay, frágil alegría, dulce veneno eres! ¡Ay, monstruo, que sutilmente pintas tus regalos como si fueran firmes, engañando al grande y al pequeño! ¿Por qué has engañado así a Enero después de haberle acogido como amigo? Ahora vas y le quitas los ojos, causándole tanta pena que quiere morir. El noble Enero, entre su lascivia y su felicidad, se quedó ciego de repente.[208] Lloró con llanto estremecedor, y entonces la llama de los celos le quemó el corazón. Pensaba que su mujer pudiera hacer alguna tontería, y deseaba que alguien les matara a los dos, pues no quería que ella, mientras él viviera ni después de muerto, fuera el amor ni la esposa de nadie. Tenía que vivir de negro, de viuda, sola como la tórtola que pierde a su pareja. Pero después de uno o dos meses su pena amainó, y entendió que las cosas eran así y que debía aceptarlas con paciencia. Mas no podía olvidar sus celos, que eran tales que ni en la sala,

[207] El jardín cerrado es un de los escenarios literarios tradicionales del amor (recuérdese el jardín de Melibea), y la llave que hay que introducir para entrar en él es un símbolo fálico primordial. [208] Era creencia tradicional que el abuso del sexo podía provocar ceguera.

ni en otras casas, ni en ninguna parte, permitía a la joven Mayo andar sin tenerla asida de la mano. La joven Mayo lloraba por ello, pues estaba tiernamente enamorada de Damián, tanto que prefería morir si no podía tenerlo como ella deseaba. Pensaba que su corazón estallaría.

Damián, por su parte, se convirtió en el hombre más triste del mundo, pues le era imposible, tanto de día como de noche, hablar con la joven Mayo de su asunto sin que Enero lo oyera, pues la tenía siempre cogida de la mano. Aun así, entre mensajes y señas privadas, se entendían. ¡Ay, Enero! ¿De qué te serviría ver tan lejos como desde la vela de un barco? Es lo mismo ser ciego y engañado que poder ver y ser engañado. Por mucho que Argo[209] con sus cien ojos pudiera espiar y ver, pareció ciego. Y Dios sabe que muchos más lo parecen aunque ellos no lo sepan. A veces reconforta no ver las cosas, y no digo nada más.

La joven Mayo, de la que hace tiempo que no hablo, hizo un molde con cera caliente y allí presionó la llave de la pequeña puerta por la que Enero entraba a su jardín, para que Damián, que conocía el truco, pudiera hacerse una copia. ¿Qué queréis que os diga? Dentro de poco ocurrirá algo por culpa de la llave. Si me seguís, os lo contaré.

¡Noble Ovidio,[210] qué verdad dices, y Dios lo sabe, cuando comentas que no hay truco, por difícil o laborioso que sea, que el amor no consiga tramar! Por la historia

[209] Personaje de la mitología grecolatina dotado de cien ojos, protagonista de varios episodios, el más conocido la vigilancia de Io y su muerte a manos de Hermes. [210] Publio Ovidio Nasón (43 a.C.-17 d.C.), escritor latino autor de varias obras amorosas (*El arte de amar*, *Remedios de amor*, etc.), en las que abunda la sátira.

de Píramo y Tisbe aprendemos: aunque les mantenían separados siempre, quedaron y susurraron a través de un muro, un truco que nadie descubrió.[211]

Al grano. No habían pasado ocho días del mes de junio, cuando ocurrió que a Enero, a instancias de su mujer, le entraron ganas de divertirse en su jardín a solas con Mayo. Y una mañana le dijo a Mayo:

—Despertad, mi esposa, mi noble señora, mi amor. Escuchad la tórtola, mi dulce paloma. El invierno se ha llevado sus lluvias. Venid, ojos de tórtola, son vuestros pechos más dulces que el vino. El jardín está vallado. Venid, blanca doncella, pues sin duda me habéis roto el corazón. ¡Oh, esposa mía, nunca supe nada malo de ti en mi vida! Vayamos a solazarnos, pues te escogí como mi mujer y mi soporte.

Mientras él decía estas chocheces, ella hizo una señal a Damián para que se adelantara con su llave. Este abrió la puerta y se adentró en el jardín sin ser visto ni oído, y se sentó bajo un arbusto. Enero, ciego como la piedra, entró a su jardín con Mayo asida de la mano, y cerró la puerta de golpe.

—Bien, esposa —dijo—, aquí estamos solos yo y vos, que sois la persona que más quiero. Y juro por Dios en el Cielo que prefiero morir apuñalado antes que haceros daño, mi amada y fiel esposa. Doy gracias al Señor por haberos escogido por el amor que sentía y no por avaricia. Aunque sea viejo y ciego, sedme fiel, y os diré por qué. Ganaréis tres cosas seguro: primero el amor de Jesucristo, y honor para vos, y toda mi herencia y tierras.

[211] Personajes de la mitología grecolatina que mueren desgraciadamente y tras su muerte se unen metamorfoseándose en una morera. Su historia es narrada por Ovidio en *Las metamorfosis*.

Esto os doy: haced las escrituras que queráis antes de mañana por la noche. Así el Señor guíe mi alma a la felicidad. Os ruego un beso para sellar el trato. Y aunque sea celoso, no me hagáis caso. Tengo vuestra imagen profundamente impresa en mi mente y cuando pienso en vuestra belleza y en mi desagradable vejez, no puedo evitar, por amor puro, querer estar siempre con vos, incluso muerto. Esto es la verdad, besadme, esposa, y paseemos.

Cuando la joven Mayo oyó esto, respondió con educación, pero primero rompió a llorar.

—Yo también tengo un alma que salvar —dijo—, y además he de preservar mi honor, y la tierna flor de mi matrimonio, que puse en vuestras manos cuando el cura unió mi cuerpo al vuestro. Os daré esta respuesta, con vuestro permiso, mi querido señor: pido a Dios que me muera de hambre, como la peor de las mujeres, si algún día traigo deshonra a mi familia o soy falsa y mancho mi nombre. Si esto no ocurre, desnudadme, metedme en un saco y ahogadme en el río. Soy una mujer de bien, no una moza. ¿Por qué me habláis así? Los hombres sois siempre infieles, pero siempre nos reprocháis a nosotras. No hacéis más que hablarnos de desconfianza y reproches.

En esto, vio a Damián sentado en el arbusto, y empezó a toser, haciéndole señas con el dedo de que se encaramara a un árbol frutal. El se subió pues conocía su plan y las señales que le hacía mejor que Enero, que era su pareja. Ella le había explicado todo lo que debía hacer en una carta. Dejémosle subido en el peral mientras Enero y Mayo pasean felices.

El día era soleado y el cielo azul. Febo[212] enviaba sus rayos dorados para alegrar las flores con su calor. Se en-

[212] Febo Apolo, es decir, el sol.

contraba en Géminis, creo, pero cerca de su declinación en Cáncer y su ascenso en Júpiter. Y acaeció que esa mañana soleada se encontraban en la otra punta del jardín Plutón, rey de las hadas, y muchas damas que venían con Proserpina, su reina, que él había raptado en el Etna mientras recogía flores de un prado (la historia de cómo se la llevó en su carro infernal la podéis leer en Claudio[213]). El rey de los hados se sentó en un banco de hierba, verde y fresco, y le dijo a su reina:

—Esposa, nadie puede negar lo que la experiencia prueba a diario, que son las infidelidades de las mujeres. Podría recitar un millón de anécdotas famosas acerca de vuestra traición e inconstancia. ¡Oh, sabio Salomón,[214] el más rico de los ricos, lleno de saberes y de gloria! Tus palabras son buenas para la memoria de todos los que tengan inteligencia y uso de razón. Así elogia la bondad de los hombres: «Entre mil hombres encontré uno bueno, pero ninguna entre todas las mujeres».[215] Esto dice el rey, conocedor de vuestra maldad. Y también Jesús, el hijo de Sirak,[216] creo, habla de vosotras con poca reverencia. ¡Que el fuego salvaje y la corrupción pestilente caiga esta noche sobre vuestros cuerpos! ¿No veis allí a ese noble caballero al que su propio sirviente le va a poner los cuernos porque está viejo y ciego? Mirad al lascivo en el árbol. Pues ahora, por mi realeza, al viejo y ciego caballero le concedo la vista justo cuando su esposa le va a hacer

[213] Claudius Claudianus, autor del siglo V, que escribió un poema épico sobre el rapto de Proserpina, episodio mitológico al que se refiere el pasaje.
[214] Rey de Israel, hijo de David, considerado uno de los mayores sabios del mundo antiguo, autor del *Cantar de los Cantares*, el *Libro de la sabiduría* y el *Eclesiastés*, todos ellos libros del Antiguo Testamento. [215] *Eclesiastés* 7:28.
[216] Presunto autor del *Eclesiastés*, que tradicionalmente se atribuye a Salomón.

mal. Así sabrá que es una depravada. Lo hago para castigarla a ella y a otras.

—¿De verdad? ¿Lo vas a hacer? —dijo Proserpina—. Pues por mi madre juro que yo le concederé una excusa suficiente, y a todas las mujeres. Y aunque las pillen haciendo algo malo, sabrán excusarse sin problemas, y además, avasallarán al hombre que les acuse, ninguna morirá por falta de palabras. Y aunque un hombre vea algo con sus propios ojos, su mujer le plantará cara, y llorará, y le criticará, y los hombres seréis ignorantes como las ocas. ¿A mí qué me importa vuestra autoridad? Ya sé que ese judío, ese Salomón, encontró muchas tontas. Pero aunque no encontrara una buena, otros hombres sí han descubierto mujeres fieles, buenas y santas. Por testigo pongo a las que habitan en la casa de Jesucristo, pues ellas mostraron su constancia con martirio. Las historias romanas también recuerdan a muchas esposas fieles. Pero, mi señor, no os enojéis. Aunque él dijo que no encontraba una mujer buena, debéis entenderle: se refería a que sólo Dios tiene soberana bondad, y ningún hombre y ninguna mujer.

Por el mismo Dios, que es uno solo, ¿por qué tanto Salomón? ¿Qué importa que construyera un templo, la casa del Señor, y que fuera rico y glorioso? También construyó un templo a dioses falsos. ¿Cómo pudo hacer algo que está prohibido? Dios mío, por mucho que digáis su nombre no era más que un lascivo y un idólatra que abandonó al Señor en su vejez. Y si Dios, como dice el libro, no le hubiera perdonado por ser hijo de quien era, se habría quedado sin reino. Hago el mismo caso a vuestras historias de mujeres malas que a una mariposa. Yo soy mujer, y tengo que hablar o me estallará el corazón. Y si él dice que somos unas cotillas, igual que mantengo siempre sano mi pelo, siempre hablaré mal, aunque sea descortés, de cualquiera que nos critique.

—Señora —replicó Plutón—, no os enfadéis. Me rindo, pero como prometí devolverle la vista, os aviso que cumpliré mi palabra. Soy rey, y no debo mentir.

—Y yo —dijo ella— soy reina. Ella tendrá su excusa, lo prometo. Pero dejemos esta conversación, no quiero discutir con vos.[217]

Volvamos, pues, a Enero, que canta feliz como un papagayo en su jardín con su bella Mayo.

—A ti te querré para siempre, y a ninguna otra.

Y por los senderos paseó hasta que llegó al peral donde esperaba entre las frescas y verdes hojas el dichoso Damián. La joven Mayo, bella y radiante, empezó a suspirar y dijo:

—¡Ay, mi señor! Pase lo que pase, tengo que comer de esas peras que estoy viendo o morir, tal es mi pasión por comerme unas pequeñas peras verdes. Ayudadme, por el amor de la Reina de los Cielos. Os digo que una mujer puede tener tal ansia de fruta que, si no la come, puede morir.[218]

—¡Que lástima! —dijo él—. No tengo ningún criado aquí que se suba. Y yo estoy ciego.

—Pero señor, no es problema. Si vos agarraseis el peral con vuestros brazos, podría subir apoyando el pie en vuestra espalda. Aunque ya sé que no os fiáis de mí.

—Pues claro —dijo él—, faltaría más. Os ayudaría con mi propia sangre.

[217] Este tipo de intervenciones divinas, muy típicas de la tradición inglesa, son extrañas a las de otros países. Recuérdese, para comparar con esta escena, el *Sueño de una noche de verano*, de Shakespeare. [218] Evidente doble sentido sexual.

Se agachó, ella se subió a su espalda, se agarró a una rama y se encaramó. Damas, os ruego no os enfadéis, pero soy un hombre rudo y no sé parafrasear: de inmediato, Damián le subió la falda y se la metió.

Y cuando Plutón vio este mal, le devolvió la vista a Enero, que veía mejor que antes. Al recuperar la vista, pensó en su esposa. Miró hacia arriba y vio que Damián había colocado a su mujer en una posición que no puedo decir sin ser grosero. Dio un grito, un rugido como una madre que pierde a un hijo.

—¡Ay, socorro! ¡Auxilio! —gritó—. ¿Qué hacéis, mi señora?

—¿Qué os pasa, mi señor? —respondió ella—. Tened paciencia y pensad un poco. Os he ayudado con vuestros ojos ciegos. No miento, he arriesgado mi alma para curaros los ojos. Me enseñaron que no había mejor manera de haceros ver que luchar con un hombre en un árbol. Dios sabe que actué con buena fe.

—¿Luchar? —dijo él—, pero si os la ha metido. Que Dios os condene a los dos a morir. Os penetró, lo vi con mis propios ojos, y si no, que me cuelguen.

—Entonces mi medicina no es buena —dijo ella—, porque si pudierais ver, no me diríais esto. Tenéis algo de visión borrosa, pues no veis bien.

—Veo mejor que nunca con los dos ojos, gracias a Dios, y os juro que me pareció que os hacía eso.

—Es increíble, mi señor —dijo ella—. ¿Así me agradecéis que os devuelva la vista? ¡Lástima que haya sido tan buena!

—Mi señora, dejémoslo. Bajad, mi amor, y si he dicho algo malo, que Dios me perdone, que mala recompensa tenga. Pero, por mi padre, creí haber visto a Damián yacer con vos, con vuestro vestido sobre su pecho.

—Ya, mi señor, imaginad lo que queráis. Pero un hombre al despertar no puede asimilar algo de golpe, ni verlo con perfecta claridad hasta que realmente se despeje. Y un hombre que ha estado ciego largo tiempo tampoco puede ver perfectamente recién recuperada la vista, sino que tienen que pasar uno o dos días. Hasta que vuestra vista se asiente bien, os engañarán muchas cosas que veáis. Os ruego que tengáis cuidado, pues, por Dios, muchos hombres se imaginan que ven una cosa pero resulta ser completamente distinta a lo que parece. Y aquel que ve mal, juzga mal.

Y con esto bajó del árbol.

¿Quién, si no Enero, se regocijaba? La besó, y repitió mucho su nombre, y le acarició el vientre, y la llevó al palacio. Y aquí termina la historia de Enero, señores. Os ruego que seáis felices, y que Dios y su madre, Santa María, nos bendigan.

EPÍLOGO

—¡Ay, por Dios! —dijo entonces el mesonero—. ¡Que Dios me libre de una mujer como esa! Ya veis qué engaños y sutilezas poseen las mujeres. Siempre trabajan como abejas para engañarnos a los hombres tontos, y siempre se apartan de la verdad. Y este cuento del mercader lo prueba. Pero sin duda, tengo una mujer fiel como el acero, aunque sea pobre, pero es una fierecilla cotilleando con la lengua, y también tiene un montón de vicios más. Pero no importa, dejemos estas cosas, aunque, ¿sabéis qué? Me apena mucho estar atado a ella. Si contara todos sus vicios, sería un estúpido, porque alguno de la compañía se lo podría contar. No hace falta que diga que las mujeres sacan a relucir estos temas. Además, no tengo ingenio para contarlo todo, así que mi cuento se ha acabado.

Derecha:
Peregrinos abandonan Canterbury, en un manuscrito del s. XV.

El Corbacho
Arcipreste de Talavera
[hacia 1435]

El Arcipreste de Talavera (1398-h. 1470), prestigioso personaje religioso de la Castilla de la época, escribió el *Corbacho* con intención de reprobar el amor mundano y alabar el amor de Dios. Esta obra es un tratado —algo parecido a lo que hoy llamaríamos un ensayo—, en el que, a menudo, las reflexiones y advertencias morales se fundamentan o ilustran con ejemplos, que alcanzan en algunos casos la categoría de cuentos en los que la prosa se hace dinámica, vivaz, cargada de tintes populares. El *Corbacho* —que recibe su título de una obra misógina de Boccaccio— se considera ejemplo de la literatura antifemenina, pues su segunda parte, que trata de «los vicios y tachas y malas condiciones de las perversas mujeres», es la más brillante del libro.

DE CÓMO LA MUJER MIENTE JURANDO Y PERJURANDO

Que la mujer mala es mentirosa, dudar de ello sería pecado, por cuanto no hay mujer que no tenga mentiras dispuestas y no disimule la verdad en un punto, y por muy chiquita cosa y de poco valor mil veces jurando no mienta, y por muy poca ganancia y provecho de cosa que ve, no deje de decir mentiras infinitas.

Y por tanto, verás que las mujeres por la mayor parte de todos sus hechos son cautelas y maneras,[219] y con mentiras las colorean y adornan, y a veces con sus empaliadas[220] mentiras llevan sobre otros y otras falso testimonio, y crimen sobre otras componen.[221] Y no sé de hombre, por muy acucioso y avisado que sea, que a la mujer pueda hacer reconocer su mentira, ni presto[222] que él sea, que la mujer no le haga de verdad

[219] Que la mayor parte de los hechos de las mujeres son astucias y artimañas. [220] *Empaliadas*: término valenciano que designaba las colgaduras de telas que se ponían en las fiestas. Aquí vale por *adornadas*. [221] Conciertan o arreglan crímenes hacia otras personas. [222] Diligente, preparado. Aquí más bien en el sentido intelectual: espabilado, despierto.

mentira,[223] jurando, perjurando, maldiciendo[224] que nunca fue ni es lo que él con sus propios ojos vio y ve.

Te contaré[225] un ejemplo, y mil te contaría. Una mujer tenía un hombre en su casa, y sobrevino su marido, y lo tuvo que esconder tras la cortina.[226] Y cuando el marido entró, dijo:

—¿Qué haces, mujer?

Respondió:

—Marido, me siento enojada.[227]

Y se sentó el marido en el banco delante de la cama y dijo:

—Dame de cenar.

Y el otro, que estaba escondido, no podía ni osaba salir. E hizo la mujer que entraba tras la cortina a sacar los manteles y dijo al hombre:

—Cuando yo los pechos ponga a mi marido delante, sal, amigo,[228] y vete.

Y así lo hizo. Dijo:

—Marido, no sabes cómo se ha hinchado mi teta, y rabio con la mucha leche.[229]

Dijo:

—Muestra, veamos.

Sacó la teta y le echó un rayo de leche en los ojos que le cegó del todo, y en tanto el otro salió. Y dijo:

—¡Oh, hija de puta, cómo me escuece la leche!

223 No le convenza de que algo que es verdad (algo que ve con sus propios ojos) no ha sucedido así, es falso. 224 En sentido etimológico: diciendo mal (con maldad). 225 El modo de dirigirse al destinatario directamente es propio del sermón o de la exposición oral. 226 En las casas medievales no muy ricas, los diferentes espacios se separaban por medio de cortinas o telas colgadas. Como se puede apreciar, estamos muy lejos ahora del ambiente mercantil. 227 Molesta, incómoda. 228 Amado, amante. 229 Me duele mucho por el exceso de leche.

Respondió el otro, que se iba:

—¿Qué debe hacer el cuerno?[230]

Y el marido, sintiendo ruido al pasar y como no veía, dijo:

—¿Quién pasó ahora por aquí? Me pareció sentir a un hombre.

Dijo ella:

—Es el gato, pobre de mí, que me lleva la carne.

Y se puso a correr tras el otro que salía, haciendo ruido como que iba tras el gato, y cerró bien su puerta y corrió y halló a su marido,[231] que ya bien veía, mas no el duelo que tenía.[232]

Pues así acostumbran las mujeres a reforzar sus mentiras con arte.[233]

Otro ejemplo te diré. Otra mujer tenía un fraile tras la cama escondido. Desde que vino su marido[234] no sabía cómo sacarlo fuera. Se fue a su marido y le dijo:

—¿A dónde os arrimasteis, que venís lleno de pelos?

El marido se volvió para que la mujer le limpiase los pelos, y, vueltas las espaldas, salió el fraile que estaba escondido. Y dijo el marido:

—Me pareció como que salió un hombre por aquí.

Dijo ella:

—Amigo, ¿de dónde venís? ¿O estáis en vuestros cabales? ¡Ay de mí!, y ¿quién suele entrar aquí? ¡Ay, turbado venís por alguna enamorada, los gatos os parecen hombres, señal de buena pascua!

230 *Cuerno*: cornudo. ¿Cómo no le va a escocer, al cornudo? 231 La rapidez que se quiere imprimir a la acción dificulta la precisión narrativa: «...y, al regresar, halló a su marido.» 232 Pero no veía el daño que tenía, el adulterio de la esposa. 233 Con mañas, astucia, habilidad. 234 Como su marido había llegado.

Luego calló el marido y dijo:

—Calla, loca, calla, que por probarte lo decía.

Y así hizo y hace de su mentira la mujer verdad.[235]

Otra, teniendo otro escondido de noche, vino su marido y tuvo que esconder al otro bajo la cama; y cuando el marido entró, hizo caer la candela y se apagó. Y dijo la mujer al marido:

—Amigo, dame aquí un alguaquida.[236]

Y mientras salió a darle un alguaquida el marido de la cámara,[237] salió el otro de debajo de la cama y se fue luego abajo y salió por el establo.

A otra mujer, que tenía otro escondido tras la cortina, y no sabía cómo lo sacar en el mundo, y el marido no salía de la cámara, se le ocurrió la siguiente artimaña: se fue a la cocina y cogió una caldera nueva que ese día había comprado, y llevándosela al marido, le dijo:

—¡Oh, pobre de mí, cómo me engañaron hoy! Compré esta caldera como sana y está horadada. Verás, marido.

Y se la puso delante de la cara y guiñó un ojo al otro para que saliese.

Y mientras miraba si estaba o no estaba horadada, salió el otro de la cámara. Y dijo el marido:

—¡Anda, para loca, que sana está, sana!

Y luego se dio la mujer una palmada en la cadera y dijo:

—¡Bendito sea Dios, que yo pensé que estaba horadada!

Y así se fue el otro de la casa.

Millares de estos[238] se escribirían si no por no tener tiempo y no avisar por ventura a las que en el mal harto

[235] La mujer convierte su mentira en verdad. [236] Pajuela mojada en aceite u otra sustancia inflamable para encender con facilidad la lumbre. [237] Estancia. [238] De estos casos.

están avisadas.[239] Y aunque seré de algunos reprehendido por no saber ellos mi intención —la cual sólo Dios sabe que en este paso no es a mala parte—,[240] porque algunas cosas que pongo en práctica dirán que más es avisar en mal que corregir en bien.[241] Diga cada cual su voluntad, que yo no lo digo para que lo hagan así, mas para que sepan que, por mucho que ellos y ellas encubierto lo hagan y hacen, que se sabe; y algunos, sabiéndolo, a sus mujeres, hijas y parientes aconsejarán.[242] Y las que saben que se lo entienden, de algo de ello se dejarán.[243]

Pero no piense alguno o alguna que de mí presuma que otro no haya escrito más de mil veces de estas cosas que yo he dicho y diré,[244] como que bajo el sol no hay hoy nada nuevo. Mas podría darse el caso de que alguno que no lo sabe, lo leerá aquí y dará consejo de ello a quien deba; y si no, si lo soportase, que no se maraville de alguna desgracia que le venga.

Por ende,[245] a todo buen fin se dice.[246] A buena parte, por Dios, lo tome el que lo leyere, cesada toda murmuración; que el mundo es hoy tan malo que bien decir es muerte, mal decir es gloria deleitable. Esto sea dicho para excusa mía, por cuanto sé bien que si dije, que de mí ha de ser dicho; pero de otros muchos dijeron, a los cuales no sería digno descalzar su zapato.[247] Dios sea el testigo a cuyo servicio tomé algo decir y escribir en esta parte.

[239] Y no dar ideas a las que ya tienen muchas para hacer el mal. [240] Sólo Dios sabe que mi intención al escribir estas historias no es mala. [241] Que más informo o enseño cómo hacer el mal, que corrijo en cómo hacer el bien. [242] Y algunos, conociendo estas maldades, podrán aconsejar a sus mujeres, hijas y parientes. [243] Y las que saben tanto que entienden de ello, algo dejarán de hacerlo. [244] No piense nadie que soy el primero que escribe sobre estas cosas. [245] Por lo tanto. [246] Todo se dice persiguiendo un buen fin. [247] Quitarles lo suyo.

EL ERMITAÑO DE VALENCIA

Ejemplos te daría mil salvo por no ser prolijo. Pero en nuestros días, y aún yo lo conocí, hablé y comí y bebí con el ermitaño de Valencia. Mira que hombre reputado por santo en toda aquella ciudad y aun en todo el reino: que así iban a su casa y más a gusto que no a la iglesia, y teníase por santo o santa quien una astilla de la cama donde él dormía podía obtener; y a muchos curaba con el agua del pozo de su huerto y con las hierbas que en él crecían; que si una persona estuviese hidrópica y comiese un ajo o un puerro de su huerto, en seguida creía estar sano. Veríais salir y entrar bigardas[248] cada día de diez en diez y de veinte en veinte; caballeros y nobles lo mismo, porque tenía una casa muy graciosa,[249] un huerto muy provisto de todas las cosas, y era un hombre que presumía de tenerlo hermoso y limpio, y convidaba a gusto a cuantos por allí iban.

[248] Falsas beatas. [249] Decorada con gracia. Se trata, pues, de un ermitaño que no vive en la pobreza, sino que disfruta de placeres terrenales.

Pero se supo al fin cómo había tenido muchos hijos con muchas beguinas[250] y otras muchas preñadas con *Deo gratias*;[251] otras vírgenes desfloradas,[252] seglares y beguinas, con «la paz sea con vos»; casadas, viudas, monjas, sucesivamente, con «loado sea Dios».[253] Lo tenían gordo como un ansarón de muchas comidas;[254] así le iban las ollas y pucheros a su casa, de estas beguinas, como cantarillos a la taberna. Era nigromántico y con sus artes hacía venir a su casa a aquellas que quería y le parecía bien.

Y por aquí fue descubierto; que tenía un compañero, un caballero de estos de la cerda,[255] y un día ordenaron a un pintor que pintase cómo estaba Nuestro Señor crucificado y el diablo allí pintado muy deshonestamente,[256] lo cual no es para contar; y pusieron manos a la obra, después de llegar a un acuerdo con el pintor.

El pintor fue bien pagado y lo pintó, como he dicho, en casa del ermitaño secretamente, en un cuartito muy secreto que nadie conocía, salvo él y aquel caballero, en donde ambos hacían sus invocaciones a los diablos. Y después que lo hubo hecho, se fue el pintor, remordiéndole la conciencia, al gobernador de la ciudad de Valencia y le contó todo el asunto.[257]

[250] Sinónimo de *bigardas*. [251] Gracias a Dios. El uso del latín, lengua clerical, es irónico: las gracias a Dios se daban, en latín, al final de la misa, no después de haber dejado embarazada a una mujer. [252] Desvirgadas. [253] La misma ironía: el uso de frases religiosas —y, en general, de su prestigio como hombre santo— para conseguir el placer sexual. [254] Engordado con mucha comida. [255] Un ladrón. La cerda era un instrumento, similar a un cuchillo, que servía para cortar las bolsas de los viajeros; usado, pues, por los ladrones o «caballeros de la cerda». [256] Burlándose con gestos obscenos de Cristo crucificado. [257] La rapidez de la acción prima sobre el realismo psicológico en la descripción de los remordimientos del pintor y su arrepentimiento, que no interesan al autor para el desarrollo de la historia.

El gobernador, espantado de aquello, porque lo tenía por un santo como los otros, cabalgó y fue a casa del ermitaño e hizo rodear toda la casa de gente y el pintor con él. Al llamar a la puerta, abrió el ermitaño y dijo:

—Señor, ¡la paz sea con vos!

Respondió el gobernador:

—¡Amén, *mon frare*![258]

En seguida el ermitaño abrió las puertas e hizo entrar a todos, pero el pintor se quedó fuera hasta que lo llamasen.

Y dijo el ermitaño:

—Señor, estoy muy contento de vuestra venida. ¿Qué dios[259] os trajo ahora aquí? Pues hace ya más de dos meses que no venís a visitar esta casa; que, en verdad, señor, ella y yo estamos prestos y obligados a vuestros deseos.

Dijo el gobernador:

—En verdad, ermitaño, me sentí un poco aburrido y me vine aquí a ver vuestra casa.

Dijo el ermitaño:

—Pues véala aquí vuestra merced.[260]

Y en seguida lo llevó al huerto y se lo mostró todo, y lo llevó por la casa y se la mostró toda, salvo la habitación en donde dormía y la recámara secreta; que no se podía saber si había allí habitacioncilla o no, que era hecha de madera unida y no se veía ni puerta ni ventana, sino que era todo una habitación. E igual que los casados tienen una habitación arreglada hermosamente para recibir a los que vienen, así tenía él esa camareta con dos haces de sarmientos por cama y una piedra por cabecera[261] y aquello mostraba a los que venían,

[258] ¡Así sea, hermano mío! [259] Qué motivo. [260] Fórmula de tratamiento respetuoso. [261] Es decir, con una cama incómoda y sobria.

pero en la habitacioncilla hallaron después cama y joyas y ropas.

Y cuando el gobernador entró en la habitación, dijo:

—¿Aquí dormís, padre?

Dijo:

—Sí, señor.

Comenzó el gobernador a reírse, y dijo al oído a uno de los suyos:

—Sal y llama al pintor.

El ermitaño pensó que decía el gobernador al otro al oído:

—¡Qué santo hombre es este ermitaño!

Y comenzó a suspirar y a llorar el ermitaño —que tienen las lágrimas más sueltas que las mujeres—, y dijo:

—Señor gobernador, mucho más sufrió Nuestro Señor para redimir nuestros pecados.

El gobernador dijo, como que no sabía:

—Padre, ¿qué tenéis tras estas tablas?

Y dio un gran golpe sobre ellas.

Dijo el ermitaño:

—Señor, las hice poner para la humedad, que, como no me desnudo nunca para dormir ni tengo otra ropa en la cama, me protegen estas tablas del frío de la pared; si no, me habría muerto.

Dijo el gobernador:

—Parece que hay algún cuartito aquí.

Dijo el ermitaño:

—Ay, señor, nada en verdad.

Dijo el gobernador:

—Abrid, padre, así gocéis.[262] Veamos qué tenéis dentro.

262 Si os place.

Y al ermitaño se le mudó la color, y vio que no era buena señal cómo insistía el gobernador en ello, y dijo:

—Señor, ¿no me creéis? Pues debíais creerme, que nunca recuerdo haber dicho mentira a nadie. ¿Cómo os iba a mentir a vos?

Y se arrodilló en tierra haciendo la cruz con los brazos, diciendo:

—¡Por la pasión de Jesucristo, que su sangre derramó por nosotros, ni por el sabor de la muerte que he de padecer, y así salve Dios a esta alma pecadora, y aun por el santo sacrificio del altar, señor, que no hay nada más de lo que veis!

Entonces el gobernador, furioso al ver que mentía, ya que el pintor le había dado las pistas, dijo:

—¡Vos, don viejo falso y malo, abriréis, mal que os pese, y veréis lo que tenéis ahí dentro!

Después que esto vio el ermitaño, ciego y mudo, sólo pudo decir:

—Señor, iré a por la llave, pues tanto insistís en que os abra.

Esto lo dijo para poder salir fuera y huir. Pero el gobernador dijo:

—Vamos; iré con vos, que no os dejaría.

Y en esto entró el pintor, y cuando el ermitaño vio al pintor, comprendió que ya estaba muerto.

Dijo el pintor:

—Dios os salve, padre. ¿Cómo os va con Dios?

El ermitaño no pudo hablar, ni «Deo gratias» decir, ni «paz sea con vos»[263] murmurar. Entonces dijo el pintor:

263 La paz sea contigo.

—Señor, mandadle abrir. Mirad aquí la llave: es esa que tiene colgada en el cinturón.

Entonces le cogieron la llave y él enmudeció, que no hablaba y se quedó medio loco. Y abrieron por donde el pintor dijo que había visto al ermitaño abrir, y el gobernador entró dentro, y cuando vio el sacrilegio tan abominable pintado, se tapó los ojos con las manos y no lo quiso mirar, y dijo al pintor:

—¡Llévatelo, llévatelo de allí y dobla aquella tela! ¡Nunca se vuelva a ver cosa igual!

Y mostrólo a dos o tres testigos y dijo al ermitaño:

—¡Oh, traidor, malo y engañador! ¿Quién te mandó hacer tal cosa?

Y lo hizo llevar en seguida preso; y cuantos lo veían llevar preso se maravillaban de por qué lo hacían y llevaban así al santo bendito.

Tendrías que haber visto desesperarse a las bigardas cuando supieron que estaba preso, pero no sabían por qué; y tendríais que haber visto a los caballeros y señoras ir a rogar al gobernador, tanto que no podía protegerse de los ruegos de los grandes, hasta que dijo:

—Si no cuento lo que este falso ha hecho, muerto soy, corrido[264] y apaleado.

Que así iban las beguinas de una casa a otra de los caballeros, como si se fuesen a salvar, aunque alguna de ellas, de aquéllas con quien él disfrutaba, bien pensaba que lo habrían encontrado con alguna mujer.

Sin embargo, el gobernador al fin lo tuvo que descubrir, para que no le molestasen más; y después que las gentes lo supieron, comenzaron a hablar mal del ermita-

264 Avergonzado, desacreditado.

ño y las lenguas a callar. Y en seguida el gobernador le comenzó a atormentar,[265] y contó el ermitaño cosas endiabladas de lo que hacía en Valencia, así con sus malas artes, y cómo confiaran en su segura santidad las gentes. En suma: que al fin fue condenado al fuego y así fue quemado.

[265] Empezó a darle tormento, a torturarlo, práctica habitual en la justicia de la época, sobre todo en los casos de herejía.

Cuentecillos
Masuccio Salernitano
[hacia 1475]

Masuccio Salernitano (1415-1476), cuyo verdadero nombre fue Tommaso Guardati, vivió en la corte aragonesa de Nápoles y fue secretario del príncipe Roberto Sanseverino, gran almirante del Reino. Bajo el título de *Novellino* (*Cuentecillos*) recogió hacia 1475 cincuenta cuentos, escritos a partir de 1450, dedicados a ilustres personajes de la corte y conectados entre ellos. Dividió la obra en cinco jornadas, según los temas tratados: crítica del clero corrupto, burlas y afrentas a maridos celosos, reprobación del sexo femenino, alternancia de cuentos tristes y facecias, magnificencias de príncipes y otras cortesías.

[CUENTO DEL AMANTE INDISCRETO]

UNA DAMA, ENAMORADA DE UN APUESTO JOVEN, SE LO HACE TRAER EN SECRETO A SU ALCOBA POR MEDIO DE UN CONFIDENTE DISFRAZADO. SE SOLAZA CON ÉL UNA NOCHE. LE DICE CÓMO Y CUÁNDO TIENE QUE VOLVER JUNTO A ELLA. EL JOVEN SE LO CONFÍA A UN AMIGO SUYO; LA DAMA LO OYE Y NUNCA MÁS LO VUELVE A LLAMAR.

A LA MAGNÍFICA FRANCISCHELLA DE MORISCO[266]

EXORDIO

Muchas veces, conversando contigo, magnífica e ilustrísima amiga mía, recuerdo haber llegado a decir que, aunque poquísimas mujeres se pueden alabar como prudentes, si se piensa con cuantas carencias las ha creado la

266 Posiblemente una descendiente de Ludovico, gran almirante del Reino de Nápoles en tiempos del rey Ludovico de Anjou (1377-1414).

naturaleza, se encuentran no obstante algunas que, menos imprudentes que las otras, no pudiendo sustraerse a su lujuria, y buscando por ello con astucia nuevas mañas para satisfacer sus deseos, se pueden reprobar menos que las demás, pues sólo ofendiendo las leyes, sin violentar su débil naturaleza, sacian ocultamente sus apetitos. Tal y como además nos confirmará en nuestra opinión el siguiente cuento, para que, uniéndolo a los ya escuchados, puedas en tu interior dar un juicio recto sobre si la dama, aparte del pecado, puede ser alabada en algo, o si puede acompañar merecidamente al grupo de las otras depravadas.[267] Vale.

En la época en que el Pistoyense recorría nuestro reino haciendo muchos milagros,[268] acaeció en la ciudad de Nápoles el extraño caso que aquí se relata. El cual fue que una tarde de sábado del mes de marzo, en la que las peñas iban al Carmen, a un grupito de agraciadas damas que, según su creencia, habían ganado el perdón, le entraron ganas de regresar a casa por fuera de la ciudad; y cuando estaban en la calle que cruza hacia los Pantanos, se toparon con un grupo de jóvenes, no menos ilustres en hermosura que en nobleza que, como ejercicio divertido, jugaban al mallo.

Sucedió, pues, que una de las mencionadas damas, de gran belleza y mayor juicio, apenas le hubo echado el ojo a uno de los jóvenes, que vestía un juboncillo de damasco verde, le gustó tanto que se sentía toda desfallecer, mas no obstante, venciendo en parte con prudencia su sen-

[267] La cuestión, por tanto, es si la satisfacción de los deseos sexuales llevada a cabo con discreción, sin suscitar escándalo público, es menos reprobable que cualquier otra. [268] Alude a la predicación de un fraile de Pistoya.

sualidad, sin mostrar signo alguno,[269] con las demás regresó a casa llena de enorme pasión por el atractivo joven. Empezó entonces a darle muchas vueltas a las diversas maneras en que tal amor podría llevarse a efecto, y aunque el amor hubiese alcanzado el lugar más alto de su corazón, sin embargo no estaba tan fuera de sí que no se diese cuenta de que cuando se quiere satisfacer la pasión amorosa, por muy en secreto que se teja la tela, pocas veces se puede mantener oculta por mucho tiempo, puesto que no hay nadie en el mundo que no tenga un amigo perfecto a quien contarle todos sus sucesos felices e infelices, y este tendrá a otro, a quien no ocultará ningún secreto propio o ajeno, y así, de uno en uno, muy a menudo la breve felicidad de los amantes termina en duradera miseria.[270]

Debió de ser por esto por lo que tomó como definitiva resolución, o bien llevar a su término ese amor con admirable y extraño subterfugio, o bien no volver a salir hasta que, vencida por el deseo, la llevase la muerte. Así que, para despachar el asunto con celeridad, como tenía un pariente del que se podía fiar descubriéndole su pasión, le ordenó en pocas palabras hacer lo que debía. Este, que era obsequioso con ella, marchó resueltamente, y vistiéndose con un sayo de esos de los penitentes de las cofradías, fue a buscar al joven que le había indicado, y como lo encontrara sin compañía, lo llevó a un aparte, y con un canutillo en la boca,[271] le dijo:

[269] El autocontrol racional de la dama, perfectamente compatible con su pasión interior, será la clave del relato. Estamos, de nuevo, ante una de esas mujeres con carácter, apasionadas pero calculadoras, que saben dominar completamente la situación para llevar a cabo sus fines. [270] La voz pública será, en la tradición renacentista, siempre enemiga del amor. [271] Para disimular la voz. Las medidas de «seguridad» para evitar el reconocimiento son funda-

—Hermano,[272] para algo que te conviene muchísimo, encuéntrate conmigo en San Juan Mayor esta noche entre las nueve y las diez.

Y siguió su camino.

El joven, ante tal solicitud, quedó muy confuso, y sopesando sobre ello diversas posibilidades, finalmente llegó a la conclusión de que el asunto era de gran importancia. Así que, con confianza en sí mismo, pues era un joven animoso y gallardo, y además no sospechaba de nadie de esa ciudad que quisiese agredirle, se resolvió a acudir a probar fortuna, sin pedir ayuda a ningún amigo. Cuando le pareció llegado el momento, pertrechado de buenas armas, con enorme atrevimiento se dirigió al lugar indicado. Llegado al cual, vio venir hacia él al joven confidente de la dama, quien, disfrazado de otra guisa que de sayo, tal que nadie lo reconocería, lo saludó amablemente, y hablando quedo, disimulando su verdadera voz, le dijo:

—Amigo mío, me parece que tu benigna fortuna se te planta delante con enorme favor, para eterna conveniencia tuya y dicha presente y futura, si eres sabio para recibirla felizmente. Y el modo en que lo hace es que cierta dama, joven, hermosa y rica sobremanera, se ha prendado tan fuerte de ti que toda entera se derrite y consume, y ha tomado la firme decisión de que tú solo, antes que cualquier otro hombre, has de gozar de su persona y sus haberes juntos. Sin embargo, quiere ella, para ver durante algunos días por experiencia si eres capaz de conducirte en tal asunto con discreción, que vengas a verla conmi-

---

mentales, pues las ciudades, incluso una importante como Nápoles, eran lo suficientemente pequeñas como para que la probabilidad de ser reconocido fuese mucha. [272] Lo trata de acuerdo a su papel de penitente.

go en secreto, de forma que no puedas reconocer no sólo a ella, sino siquiera la casa y el barrio en que vive. Si aceptas esto, pongámonos ahora mismo en camino. Pero si por ventura quieres rechazar tanto bien cuanto los hados te reportan sin ninguna industria tuya, puedes en nombre de Dios volver por donde has venido, pues tengo orden de no llevarte más que en el modo indicado.

El joven, al oír este discurso, aunque le pareciese duro y extraño que fuese de esa manera, como una oveja llevada al matadero, visto que aquel le daba completa libertad de ir o quedarse, y además, considerando que aquello le podría redundar en nada menos que un gran provecho, sin pensarlo más, se dijo que no era él persona que se arredrase ante el peligro, decidiéndose a aceptar la propuesta, y le respondió que estaba preparado para ir cómo, dónde y tal cual quisiese. Entonces el otro, tras coger un pañuelo bien perfumado para taparle los ojos y calarle la gorra, lo tomó del brazo, poniéndose en camino. Y así, dándole vueltas de una calle a otra, y entrando y saliendo de muchas casas, cuando le pareció oportuno lo condujo a la casa de la dama, y después de hacerlo bajar y subir por diversas escaleras, introduciéndolo finalmente en la alcoba, donde se le esperaba con gran deseo, y quitándole el velo del rostro, le cerró dentro. Él, al abrir los ojos, se percató de que estaba en una estancia tan oscura que nada se podía reconocer, pero lo que allí había olía a un suavísimo perfume, y estando de este modo algo asombrado, sintió que una dama alegremente lo recibía en sus brazos diciéndole quedito:

—Bienvenido sea el único cautiverio de mi vida.[273]

[273] El amante, por quien la dama se siente cautiva.

Y, sin dirigirle ninguna otra palabra, le hizo signos de que se desnudase, y una vez que él lo hizo gustoso, y que ella también se desnudó, se metieron en la cama, y al no haber en tal situación lugar para palabras, se entregaron a los hechos de tal modo que ninguno de los dos se permitió permanecer un solo momento ocioso.

Llegada la hora en que la dama pensaba que debía despedirlo de la casa, tomó una bolsa colmada de florines de oro que para ello se había preparado, y besándolo con infinita ternura, con voz susurrante para que no pudiese reconocer quién era le dijo:

—Mi dulce alma, coge este escaso dinero, sólo para cubrir tus necesidades presentes, y de las futuras deja que se ocupe esta que tienes en los brazos. Y compórtate sabiamente, haciendo que tu lengua no dañe tu eterna alegría ofendiendo mi honor, puesto que, cuando menos te lo esperes, alimentaré tus ojos de una no pequeña suavidad,[274] y entretanto no te sea fastidioso llegar hasta aquí en el modo empezado hoy, porque cada vez que esté preparada para recibirte, mandaré por ti en la manera dispuesta.

Y besándolo de nuevo, y recibiendo de él multitud de besos, lo hizo vestirse, y tras llamar a su querido confidente, tapándole este los ojos en la forma habitual, por muchas calles diferentes lo hizo regresar adonde lo había recogido la noche anterior, y dejándolo allí, regresó a casa.[275] El joven, tras quitarse el pañuelo, se fue a su casa asombrado y contentísimo, empezando a ponerse frené-

[274] Me dejaré ver, y la suavidad de mi cuerpo alimentará tus ojos. [275] Nótese el cambio de sujeto (de ella al confidente) en medio del período sintáctico, y cómo sirve para acelerar la acción. La agilidad narrativa es importantísima en esta historias breves.

tico por saber quién era la dama; pero como no podía averiguar cosa alguna, decidió que debía revelar semejante felicidad y la preocupación que conllevaba únicamente a un compañero, excelente amigo suyo. Así que, tras enviar por él, le hizo saber, sin más consideraciones, todo lo que había acaecido, y ambos dos, después de dar vueltas al asunto sin poder en ningún modo dar en el blanco, resolvieron dejarlo discurrir según las disposiciones de la dama. El amigo, que era cortesano, un día que estaba con otros palaciegos, pasando de un tema a otro, contó puntualmente, como cosa extraña y admirable, cómo había sucedido el hecho, aunque simulando que había sido en el reino de Francia. Dio la casualidad, empero, de que entre los que escuchaban se encontraba el confidente de la dama, quien, como se ha dicho, había sido el consciente ejecutor de todo, el cual rápidamente se fue a verla y con gran disgusto le contó lo que había oído al amigo de su amante. Ella, afligida sobremanera, como estaba segura de que si se continuaba por esos derroteros, sin duda el secreto de su amor sería descubierto para ruina de su honor y buena fama, decidió por ello terminantemente que el amante obtuviese como último y definitivo pago el placer y las riquezas ya recibidas, y así consigo misma inmediatamente lo decretó y estableció como una resolución inamovible.[276] El mal avisado[277] joven, que no sabía nada de esto, deseoso de volver a elevarse hasta aquel fértil prado,[278] durante mucho tiempo esperó inútilmente el advenimiento del Mesías

[276] La dama antepone el honor y la buena fama, virtudes públicas, a la pasión privada: la razón (prudencia, juicio) se impone al amor. [277] Que actúa de modo irreflexivo. [278] Metáfora de connotaciones sexuales para referirse a la dama.

de los judíos,[279] pero al no ver ni signo ni efecto alguno de dicha venida, se dio cuenta, ya tarde, de que su propia lengua había sido la causa determinante de todo su mal. Y aunque la dama quedó con enorme pena, se puede suponer que, como discreta que era, supo de nuevo con un prudente ardid satisfacer con otro su deseo.[280]

Creo que habrá quien critique al joven por no haberse sabido gobernar con prudencia en medio a tanto bien; pero, en verdad, si nos paramos a considerar lo que requiere una amistad verdadera, nadie lo podrá condenar merecidamente, puesto que se podrá juzgar como muy inhumano aquel que a un perfecto amigo no descubre su grandísimo secreto, en el que residiese no sólo la riqueza y la alegría, sino la propia vida, bien entendido que ninguna felicidad se puede ni debe poseer sin un compañero confiable. Así, pues, si el joven se fió de tan buen amigo, que ello le reportase mal por culpa de su indiscreción no quita que él hubiese obedecido a los vínculos a los que la verdadera amistad lo constreñían.

[279] Lo sucedido al joven es tan inesperado y milagroso que se puede comparar con el advenimiento del Mesías, pero, como les sucede a los judíos según la perspectiva cristiana, este no ha de volver. [280] Nótese la autonomía del deseo sexual, que se funde en los relatos renacentistas con el amor.

El archidiablo Belgafor
Nicolás Maquiavelo
[hacia 1435]

El gran escritor florentino Nicolás Maquiavelo (1469-1527), uno de los más importantes teóricos del pensamiento político y del Estado occidental (especialmente con su obra maestra *El príncipe*, de 1513), también se dedicó a la literatura, y especialmente a la burlesca, por medio de cantos carnavalescos o de la comedia erótico-burlesca *La mandrágora*. El relato del archidiablo Belgafor, también llamado *El demonio que tomó esposa*, escrito en época juvenil, no se publicó hasta mitad del siglo XVI, tras la muerte del autor.

EL ARCHIDIABLO BELGAFOR

Se lee en las antiguas memorias de los asuntos florentinos, así como se escucha en los cuentos de las gentes,[281] que cierto hombre santísimo —cuya vida celebraba todo el que vivía en aquellos tiempos—, estando abstraído en sus oraciones, vio, gracias a ellas, cómo yendo al infierno infinitas almas de los míseros mortales que morían en desgracia de Dios, todas, o la mayor parte, se quejaban de que habían sido conducidas a tanta infelicidad no por otra cosa que por haber tomado esposa. De lo que Minos y Radamanto,[282] junto a otros jueces infernales, sentían un grandísimo asombro. Y no pudiendo creer estas calumnias que del sexo femenino estos[283] decían como cosas verdaderas, y como cada día

[281] El narrador establece la existencia de una tradición oral popular, que parece efectivamente existente. Lo que parece, en cambio, una broma, es la pretensión de haber leído una fuente escrita en las crónicas florentinas. [282] *Minos* y *Radamanto*: jueces infernales según la mitología clásica, quienes decidían la pena de cada condenado. [283] Los «míseros mortales» condenados.

crecían las disputas, tras haber dado el conveniente informe a Plutón,[284] este decidió mantener con todos los príncipes infernales un prudente examen sobre la cuestión, y después tomar la decisión que se considerase mejor para descubrir esta falacia o conocer completamente su verdad. Llamados, pues, a concilio, habló Plutón de esta manera:[285]

—Aunque yo, queridísimos míos, por disposición celestial y fatal suerte del todo irrevocable, posea este reino, y por ello no me pueda ver afectado por juicio alguno celeste o mundano, sin embargo, porque es mayor la prudencia de quienes más pueden someterse a las leyes y estimar el juicio de otros, he resuelto dejarme aconsejar por vosotros sobre cómo deba gobernar en un caso del cual podría derivarse alguna infamia para nuestro imperio. Porque, como dicen todas las almas que vienen a nuestro reino que la razón de ello ha sido su esposa, y pareciéndonos esto imposible, dudamos de que al basar nuestra sentencia en estos testimonios podamos ser tachados de demasiado crédulos, y de que si no lo hacemos, de demasiado severos y poco amantes de la justicia. Y porque uno de esos pecados es de hombres irreflexivos y el otro de injustos, y queriendo huir de los cargos que de uno y otro pudieran derivarse,[286] y no encontrando el modo, os hemos llamado con el fin de que con vuestro consejo nos ayudéis y seáis razón de que es-

[284] Dios de los infiernos en la antigua mitología clásica. Nótese cómo, siguiendo la línea emprendida por Dante, los demonios de la tradición judeocristiana se mezclan con las figuras mitológicas de la tradición grecolatina. De hecho, más adelante se le denominará Lucifer. [285] El infierno se ordena y gobierna como una República terrestre. [286] Todo el discurso está lleno de expresiones jurídicas, produciéndose la comicidad por la divergencia entre la altura del lenguaje y la bajeza del tema tratado.

te reino, tal y como en el pasado ha vivido sin infamia, así viva en lo venidero.[287]

Pareció a todos aquellos príncipes el asunto importantísimo y de mucha consideración, pero, aunque todos concluían que era necesario descubrir la verdad, discrepaban en el modo de hacerlo. Porque a unos les parecía lo mejor que se mandase a alguien al mundo, y bajo forma de hombre descubriese por propia experiencia la verdad, a otros que fuese más de uno, y muchos otros pensaban que se podía hacer sin tantas molestias obligando a algunas almas con diversos tormentos a descubrirlo. Sin embargo, como la mayor parte opinaba que se enviase a alguien, se inclinaron por esta opinión. Y no encontrando a nadie que voluntariamente se encargase de esta empresa, resolvieron que la suerte fuese la que lo decidiese. La cual recayó sobre el archidiablo Belgafor,[288] quien había sido, antes de caer del cielo, arcángel. Este, aunque tomase el encargo de mala gana, obligado sin embargo por el poder de Plutón, se dispuso a seguir cuanto el concilio hubiese determinado, y se avino a las condiciones que habían sido solemnemente deliberadas. Las cuales eran: que de inmediato fuesen consignados a quien hubiese sido destinado a esta comisión cien mil

[287] Plutón dice al principio de su discurso que no le afecta el juicio público (celeste o mundano), y, sin embargo, se muestra preocupado por él, y esta preocupación es la que le hace pedir consejo. Se comporta, así, como cualquier príncipe de un Estado terrestre, que debe apoyar su autoridad en la opinión pública. [288] *Belgafor*: nombre derivado de Baal-Peor, dios de los Moabitas y los Medianitas, pueblos hebraicos antiguos, adorado especialmente por las mujeres, y, según algunas fuentes, correspondiente hebraico de Príapo, dios grecolatino de la fertilidad. La elección del nombre es, así, una burla para entendidos. Por otra parte, el prefijo *archi-* denota preeminencia o superioridad, lo cual, unido a las desventuras que le sucederán al personaje, resulta de un gran efecto cómico.

ducados, con los cuales debía ir al mundo, y bajo forma de hombre tomar esposa y con ella vivir diez años, y que tras ello, fingiendo morir, regresase, y por propia experiencia diera fe a sus superiores de cuáles sean las cargas y las incomodidades del matrimonio. Se convino además que durante dicho tiempo se sometiese a todas las molestias y males a los que están sometidos los hombres, y que si soportase pobreza, cárcel, enfermedad o cualquier otro infortunio en que caen los hombres, sólo se librase de ellos con engaño o astucia.[289] Así pues, tras tomar Belgafor humana condición y dineros, vino al mundo, y con caballos y acompañantes dispuestos como mesnadas, entró muy honorablemente en Florencia, ciudad que eligió entre todas las demás para su domicilio como aquella que le parecía la más apta para acoger a alguien que con artes usureras hiciese valer sus dineros.[290]

Y haciéndose llamar Rodrigo de Castilla alquiló una casa en el barrio de Ognisanti, y para que no se pudiese descubrir su estado, dijo que, partiendo de Soria, había salido hacía poco de España, y que había ganado todos sus bienes en Alepo,[291] de donde después se había marchado para venir a Italia a tomar mujer en lugares más humanos y más conformes con la vida civil y con su ánimo. Era Rodrigo un hombre bellísimo y aparentaba una edad de treinta años, y como a los pocos días mostrase la abundancia de sus riquezas, y diese ejemplo de

[289] Es decir, sin recurrir a poderes infernales. [290] Pulla contra Florencia, propia ciudad del autor, cuyos habitantes quedarán claramente satirizados en el relato. [291] Ciudad del norte de Siria, importante centro comercial en la ruta que unía el Mediterráneo y Mesopotamia. El recorrido de Soria a Alepo y a Florencia tiene también intención jocosa, por su extensión e inverosimilitud.

que era compasivo y liberal,[292] muchos nobles ciudadanos, que tenían gran cantidad de hijas y pequeña de dineros,[293] se las ofrecían, y entre ellas Rodrigo escogió a una hermosísima muchacha llamada Onesta,[294] hija de Amerigo Donati, el cual tenía, junto con tres hijos varones, otras tres que estaban casi en edad de merecer. Y aunque fuese de una nobilísima familia, y de él hubiese buena opinión en Florencia, aún así, en relación a la tropa que tenía[295] y a su nobleza, era pobrísimo. Hizo Rodrigo una boda magnífica y espléndida, y no descuidó ninguna de las cosas que tales fiestas requieren. Y estando, por la ley que se le había dado al salir del infierno, sometido a todas las pasiones humanas, pronto empezó a cogerle gusto a los honores y a las pompas del mundo, y a aficionarse a las alabanzas de los hombres, lo que le suponía gastos no pequeños. Y además, no pasó mucho con su señora Onesta sin que se enamorase desmesuradamente de ella, y no podía vivir cada vez que la veía estar triste y tener algún disgusto. Había llevado la señora Onesta a casa de Rodrigo, junto a la nobleza y la belleza, tanta soberbia como nunca llegó a tener Lucifer, y Rodrigo, que había probado una y otra,[296] juzgaba la de la mujer superior. Sin embargo, se volvió mucho mayor en cuanto se dio cuenta del amor que el marido le profesaba, y como le parecía que podía dominarlo en todo, sin

[292] Generoso, desprendido. [293] Pequeña cantidad de dineros: nótese la relación entre matrimonio y dinero. [294] Nombre también cómico, porque, aun siendo realmente honesta en cuanto a la fidelidad conyugal, resultará completamente insoportable. [295] Teniendo en cuenta la numerosa familia que tenía que mantener. [296] Tanto la soberbia de Lucifer como la de su esposa. Recuérdese que la soberbia fue el pecado que hizo que Lucifer se rebelara contra Dios y fuese castigado.

piedad o respeto algunos le daba órdenes, y no dudaba, cuando él le negaba algo, en pincharlo con palabras villanas e injuriosas, lo cual era para Rodrigo razón de inestimable fastidio. Y aún así, el suegro, los hermanos, los parientes, la obligación matrimonial, y sobre todo el gran amor que le tenía, le hacían tener paciencia. Y quiero dejar correr los grandes gastos que, para contentarla, hacía en vestirla con nuevos estilos y satisfacerla con las nuevas modas que nuestra ciudad por costumbre cambia continuamente. Y fue necesario, además, si quería estar en paz con ella, ayudar a su suegro a casar a las otras hijas suyas, para lo que gastó una cuantiosa suma de dineros. Tras esto, queriendo estar a bien con ella, le correspondió mandar a uno de los hermanos a Levante con paños, otro a Poniente con telas, y a otro abrirle una joyería en Florencia, cosas en las cuales dilapidó la mayor parte de su fortuna. Y además de esto, en las épocas de Carnaval y de San Juan, cuando toda la ciudad hace fiestas según una antigua costumbre, y muchos ciudadanos nobles y ricos se honran con espléndidos banquetes, para no ser Doña Onesta inferior a las otras damas quería que su Rodrigo superase con fiestas semejantes a todos los demás. Todo lo cual lo soportaba él por la razones susodichas: y hacerlo no le parecería pesado, aunque fuese pesadísimo, si de ello hubiese nacido la tranquilidad de su casa, y si hubiese podido esperar pacíficamente el tiempo de su ruina. Pero le acaecía lo contrario. Porque con los insoportables gastos la insolente naturaleza de ella le comportaba infinitas incomodidades. Y no había en su casa ni siervos ni servidores que la pudiesen soportar, ya no mucho tiempo sino poquísimos días; de lo que le nacían a Rodrigo molestias gravísimas pues no podía mantener siervo de confianza que tuviese amor a sus cosas: sin contar con que aquellos diablos que a modo de criados había llevado consigo, bien pronto prefirieron volver al infierno a estar en el fuego que vivir en el mundo bajo la autoridad de ella.[297]

Estando, pues, Rodrigo en esta tumultuosa e inquieta vida, y habiendo consumido ya, a causa de los desordenados gastos, todos los bienes muebles que se había reservado, comenzó a vivir de la esperanza de las ganancias que de Poniente y de Levante esperaba: y como todavía tenía buen crédito, para que no le faltase nada tomó préstamos. Y cuando ya llevaba encima muchos de ellos, su situación rápidamente se conoció entre quienes en el mercado trabajaban de manera parecida. Y, con su posición financiera así debilitada,[298] llegaron de pronto noticias de Levante y de Poniente: que uno de los hermanos de Doña Onesta se había jugado todo el dinero de Rodrigo, y que el otro, volviendo en una nave cargada con sus mercancías sin haberla asegurado convenientemente, había naufragado con todas ellas.[299] Y apenas se supo públicamente esto, los acreedores de Rodrigo se reunieron, y juzgando que estaba arruinado pero no pudiendo todavía declararlo pues no había llegado el tiempo de los pagos, decidieron que se lo vigilase cuidadosamente para que del dicho al hecho no huyese a escondidas. Por su parte Rodrigo, que no veía remedio a su caso, y sabía que la ley infernal lo constreñía,[300] pensó en huir fuese como fuese. Y montando una mañana a caballo, como vi-

[297] Nótese en todo el pasaje las hipérboles (o exageraciones) humorísticas. [298] Nótese la precisión en la descripción económica, propia ya de un mundo completamente mercantil. [299] No es, pues, la Fortuna la causa de la ruina, sino el desastroso comportamiento de los hermanos de ella. [300] Que no podía utilizar medios no humanos.

vía cerca de la Puerta del Prado, por ella salió. Y apenas se vio su partida, se levantó un alboroto entre los acreedores, los cuales no solamente recurrieron a los magistrados con los alguaciles, sino que con todo el pueblo se pusieron a perseguirlo. No se había alejado Rodrigo de la ciudad ni una milla, cuando el tumulto se levantó a sus espaldas: de modo que viéndose en mala situación decidió, para huir más en secreto, salir del camino, y a través de los campos buscar su fortuna. Pero impedido por las muchas fosas que atraviesan el país, y no pudiendo por ello ir a caballo, se puso a huir a pie y, tras dejar la cabalgadura en el camino, atravesando de campo en campo cubierto de viñas y cañaverales que abundan en esa tierra, llegó a Perentola a casa de Guanmatteo del Brica, trabajador de Giovanni del Bene, y casualmente se encontró con Gianmatteo, que conducía a los bueyes de pastar a casa, y se le encomendó, prometiéndole que si lo salvaba de las manos de sus enemigos, los cuales lo perseguían para hacerlo morir en la cárcel, lo haría rico, y que le daría antes de su partida una prueba tal de ello que le creería, y si no lo hacía, estaría contento de que él mismo lo pusiese en manos de sus adversarios. Era Gianmatteo, aunque campesino, hombre animoso, y juzgando que no tenía nada que perder si tomaba la decisión de salvarlo, se lo prometió, y tras meterlo en un montón de estiércol que tenía delante de su casa lo recubrió con cañas y otras inmundicias que había juntado para quemar. Apenas había conseguido Rodrigo esconderse cuando sus perseguidores llegaron de improviso, y por muchas amenazas que hicieron a Gianmatteo no consiguieron sonsacarle que lo hubiese visto: de modo que, tras seguir adelante, habiéndolo buscado en vano ese día y el siguiente, regresaron a Florencia extenuados.

Así pues, Gianmatteo, pasado el tumulto, y después de sacarlo del lugar donde estaba, le pidió que mantuviese la fe dada.[301] A lo que Rodrigo dijo:

—Hermano mío, tengo contigo una gran obligación y quiero satisfacerla sea como sea: y para que creas que puedo hacerlo te diré quién soy.

Y aquí le contó de su existencia y de las leyes que tuvo al salir del infierno y de la mujer que había perdido. Y además le dijo la manera con qué quería enriquecerlo, que en resumidas cuentas sería así: que cada vez que oyera que alguna mujer estaba poseída, confiase en que era él el que le estaba dentro, y que no saldría si no viniese él en persona a sacarlo, con lo que tendría ocasión de hacerles pagar a los parientes de ella lo que quisiese. Y concluyendo con este trato, desapareció.[302]

No habían pasado muchos días cuando se corrió la voz por toda Florencia de que una hija de micer Ambruogio Amidei, a la que había casado con Bonaiuto Tebalducci, estaba endemoniada, y no faltaron parientes que le hicieran los remedios habituales en tales situaciones: ponerle en la cabeza la testa de San Cenobio y el manto de San Giovanni Gualberto, cosas todas ellas de las que Rodrigo se burlaba.[303] Y para dejar claro a todos que el mal de la muchacha era un espíritu y no otra imaginación fantástica, hablaba en latín y disputaba[304] de cosas de filosofía y descubría los pecados de muchos —entre los cuales descubrió los de un fraile que había te-

[301] La promesa hecha. [302] Parece romperse la lógica del relato, pues a partir de ahora Belgafor usará sus poderes infernales. [303] Y también, posiblemente, el autor, que se ríe de esas supersticiones. [304] Referencia a los debates universitarios de la Escolástica (disputas), que, para un hombre renacentista, eran estériles y pedantes.

nido una hembra vestida de acólito más de cuatro años en su celda—, cosas estas que hacían maravillar a todos. Vivía por tanto micer Ambruogio descontento, y habiendo probado en vano todos los remedios, había perdido cualquier esperanza de curarla, cuando Gianmatteo vino a verlo y le prometió la salud de su hija siempre y cuando tuviese a bien darle quinientos florines para comprar una finca en Perentola. Aceptó micer Ambruogio el trato, con lo que Gianmatteo, tras hacer decir unas misas y realizar alguna ceremonia para embellecer la cosa, se acercó a las orejas de la muchacha y dijo:

—Rodrigo, he venido a encontrarte para que cumplas tu promesa.

A lo que Rodrigo respondió:

—Que me place, pero esto no basta a hacerte rico, así que, una vez que me haya ido de aquí, entraré en la hija del rey Carlos de Nápoles,[305] y no saldré hasta que llegues tú. Te dará entonces la recompensa que desees. Y después ya no me molestarás más.

Y dicho esto, se salió de dentro de ella, con agrado y admiración de toda Florencia.

No pasó después de esto mucho tiempo antes de que se corriera la voz por toda Italia de la desgracia ocurrida a la hija del rey Carlos. Y como no se le encontraba remedio, teniendo el rey noticia de Gianmatteo, mandó a Florencia por él. Este, una vez llegado a Nápoles, después de alguna ceremonia fingida, la curó. Pero Rodrigo, antes de marcharse, dijo:

—Ves, Gianmatteo, que he cumplido la promesa de enriquecerte, y por eso, tras haberla satisfecho, ya no ten-

305 Probablemente Carlos II de Nápoles, muerto en 1386.

go obligación alguna. Por tanto, me gustaría no volverte a tener delante, porque todo el bien que te he hecho, te lo convertiré en mal en adelante.

Así pues, vuelto Gianmatteo riquísimo a Florencia, pues había obtenido del rey más de cincuenta mil ducados, pensaba disfrutar de esas riquezas en paz, sin pensar que Rodrigo quisiese ofenderlo. Sin embargo, esta confianza suya quedó súbitamente turbada por una noticia que llegó: que una hija del rey de Francia Luis VII estaba poseída, noticia que trastornó del todo la mente de Gianmatteo, pensando en la autoridad de ese rey, y en las palabras que le había dicho Rodrigo.[306]

No encontrando, pues, ese rey remedio para su hija y oyendo hablar de la virtud de Gianmatteo, mandó primero a llamarlo simplemente por medio de un enviado. Pero como aquel alegaba ciertas indisposiciones el rey se vio forzado a pedírselo a la Señoría,[307] la cual obligó a Gianmatteo a obedecer.

Llegado este, por tanto, todo desconsolado a París, primero explicó al rey que era cierto que tiempo atrás había curado a alguna endemoniada, pero que no por eso él sabría o podría curar a todos, porque se encontraban algunos de tan pérfida naturaleza que no temían ni amenazas ni hechizos ni religión alguna; pero aun así se disponía a cumplir con su deber, y si no lo conseguía pedía por ello excusas y perdón. A lo que el rey, enfadado, dijo que si no la curaba lo colgaría. Sintió por ello Gianmatteo un gran dolor, pero, haciendo de tripas corazón,

[306] No parece muy lógico que Belgafor quiera fastidiar a Gianmatteo, pero no se olvide la naturaleza malvada del diablo, que no puede reprimirse de hacer una «diablura». [307] La Señoría es la forma estatal de la ciudad-estado de Florencia: se trata, pues, de un requerimiento oficial.

hizo venir a la endemoniada y, acercándose al oído de ella, humildemente se encomendó a Rodrigo, recordándole el beneficio que le había hecho, y de cuánta ingratitud sería ejemplo si lo abandonase en tanta necesidad. A lo cual Rodrigo dijo:

—¡Eh, traidor villano, así que te atreves a presentarte ante mí! ¿Crees que te podrás jactar de haberte enriquecido gracias a mí? Quiero mostrarte a ti y a todos cómo yo sé dar y quitar cualquier cosa según mi voluntad, y antes de que partas de aquí te haré ahorcar de todas formas.

A lo que Gianmatteo, no viendo entonces remedio, pensó en probar fortuna por otra vía. Y tras hacer sacar de allí a la poseída, dijo al rey:

—Señor, como os he dicho, hay muchos espíritus que son tan malignos que no hay quien pueda con ellos, y este es uno de esos. Por ello, quiero hacer un último experimento, que si resulta, Vuestra Majestad y yo mismo conseguiremos lo que queremos, y si no resulta, estaré a vuestra merced para que tengáis conmigo la compasión que merece mi inocencia. Harás pues levantar en la plaza de Nôtre Dame un gran tablado capaz de albergar a todos tus hombres principales y a todo el clero de esta ciudad; harás adornar el tablado con paños de seda y de oro; construirás en medio de él un altar, y quiero que el próximo domingo por la mañana tú con el clero, junto a todos tus príncipes y notables, con el acompañamiento real, ataviados rica y espléndidamente, os congreguéis en él, adonde, tras celebrar primero una misa solemne, harás venir a la endemoniada. Quiero además que en un ángulo de la plaza se reúnan al menos veinte personas que lleven trompas, cornetas, tambores, cornamusas, tímpanos, címbalos, y cualquier otro tipo de instrumento ruidoso, los cuales, cuando yo alce un sombrero, suenen todos juntos y vengan tocando hacia el tablado. Y todas estas cosas juntas, con algunos otros remedios secretos, creo que harán marchar a este espíritu.

Rápidamente ordenó todo el rey, y llegada la mañana del domingo y lleno el tablado de personajes y la plaza de pueblo, tras celebrarse la misa, llegó la poseída conducida al tablado por las manos de dos obispos y muchos señores. Cuando Rodrigo vio tanto pueblo reunido y tanto aparato, se quedó extrañado y dijo para sí: «¿Qué habrá pensado hacer este villano holgazán? ¿Creerá espantarme con esta pompa? ¿No sabe que estoy acostumbrado a ver las pompas del cielo y las furias del infierno? Lo castigaré sea como fuere.» Y cuando se le arrimó Gianmatteo rogándole que saliese le dijo:

—¡Pues sí que has tenido una buena idea! ¿Qué crees estar haciendo con todo este aparato? ¿Crees huir así de mi potencia y de la ira del Rey? Villano rufián, te haré colgar de todas formas.

Y tras insistirle, y responderle el otro con insultos, prefirió Gianmatteo no perder más el tiempo. Y haciendo el gesto con el sombrero, todos a los que se les había mandado hacer ruido se pusieron a tocar, y con un estruendo que llegaba al cielo se dirigieron hacia el tablado. Ante tal ruido alzó Rodrigo las orejas, y sin saber qué pasaba y muy asombrado, le preguntó extrañado a Gianmatteo qué era aquello. A lo que Gianmatteo, todo confuso, dijo:

—¡Ay de mí, Rodrigo, que es tu mujer que viene a buscarte!

Es difícil de imaginar la alteración mental que Rodrigo sintió al recordar el nombre de su mujer. Tanta fue que, sin pensar si era posible o razonable que estuviese allí, ni replicar nada, todo espantado huyó dejando libre a la muchacha; y prefirió mejor volverse al infierno a rendir cuentas de sus acciones que someterse de nuevo, con tantos fastidios, despechos y peligros, al yugo matrimonial. Y así Belgafor, vuelto al infierno, dio fe de los males que llevaba a una casa la mujer. Y Gianmatteo, que supo más que el diablo, regresó todo contento a la suya.[308]

[308] El motivo del campesino astuto que engaña al diablo es de origen oriental, y se usa en este relato en función de la sátira antimatrimonial.

Cuentos
Matteo Bandello
[hacia 1540]

De Matteo Bandello (1480-1561), dominico de familia noble que trabajó al servicio de varios señores del norte de Italia y llegó a obispo de Agen, en Francia, nos han llegado doscientos catorce cuentos (agrupados en cuatro partes, las tres primeras publicadas en 1554, la cuarta, póstuma, en 1573), cada uno de ellos precedido, en sustitución del marco narrativo, por una carta dedicatoria dirigida a un personaje ilustre en la que se da cuenta de las circunstancias en que oyó contar la historia. Se le considera el último de los grandes autores de la tradición boccaccesca, ahora inserta en el ambiente cortesano de las ciudades renacentistas italianas.

[CUENTO DEL SENADOR DISCRETO]

BANDELLO AL SEÑOR VINCENZO ATTELANO

El otro día, conversando donde estábamos sobre el doctor[309] micer Bernardino Busto, el cual, habiendo encontrado una noche a su mujer en la cama con un amante que rápidamente escapó, la echó en ese mismo instante, aunque la nieve cubría muchísimo, descalza y con sólo una camisa encima, hubo diversos juicios entre los que hablaban, conforme a los diversos pareceres de los hombres. Vos, si bien os acordáis, dijisteis que nunca habíais tenido esposa y ni siquiera intención de tomarla, pues se encontraban allí tres gentilísimos sobrinos hijos de vuestro hermano, que como hijos propios reputáis y amáis. Y que, no obstante, si alguna vez os surgiese el propósito de casaros, y por desgracia os enteraseis de que ibais hacia Corneto,[310] que no desprestigiaríais ni a ella ni a vos mismo, sino que os lo tomaríais con calma, como hacen los sabios que no quieren estar en boca del

[309] Título honorífico: no se refiere a un médico. [310] Ciudad imaginaria: si os enteraseis de que os han puesto los cuernos.

vulgo. Hubo muchos que alabaron esta opinión, y así muchas y variadas cosas se dijeron. También se contó sobre cierto hombre principal del reino de Francia, quien, habiendo pasado meses y meses fuera de su lugar, al volver a casa trajo consigo un hijito bastardo que había tenido de una gentil dama, y encontrándose de improviso a su mujer en la cama desde hacía cuatro o cinco días, que aún no había podido esconder a su propio hijo recién nacido, le dijo, al tiempo que la besaba:

—Esposa mía, habéis hecho de las vuestras y yo de las mías, así que del pasado, mejor no se hable más. A lo hecho, pecho, y en lo sucesivo procuremos pasarlo felizmente.

Mucho se rió con la historia del barón y se comentó que había estado hecho una malva. También se contó de un gentilhombre de Mantua, quien, encontrando a su mujer en la cama con el amante, cerró la puerta de modo que no se pudiese abrir, sabiendo además que la ventana tenía una reja, y marchó a San Sebastián a hablar con el señor Francesco Gonzaga, marqués de Mantua, a quien pidió permiso para matar a un tiempo al adúltero que estaba con su mujer y a ella misma. El marqués entonces airadamente le respondió:

—Pedazo de cornudo, como te atrevas a tocarle un pelo a tu mujer y a quien está con ella, te haré ahorcar. Te juro que si los hubieses matado en el mismo momento de encontrarlos juntos, te habría perdonado. Vete y déjalo partir libremente.

Y así había quien contaba una cosa y quien otra. Finalmente, el excelente doctor micer Francesco Midolla, senador del Parlamento de Milán y cuñado vuestro, hombre de singular doctrina[311] y de mucha experiencia, dijo:

[311] De destacados conocimientos.

—Señores míos, si me escucháis os contaré cuán prudentemente se comportó un senador de París en un caso semejante.

Y entonces narró un caso memorable, que os ofrezco adaptado a la forma de mis cuentos. Quedad con salud.

UN SENADOR, AL ENCONTRAR A SU MUJER EN ADULTERIO, DEJA HUIR AL ADÚLTERO Y SALVA SU PROPIO HONOR JUNTO CON EL DE LA MUJER.

No hace mucho tiempo, señores míos, que estando yo en París, había allí un Consejero o Senador del Parlamento, el principal de los muchos que hay en Francia, quien, siendo ya de edad avanzada, tenía por mujer a una hermosa joven, francesa también ella, a la que amaba en grado sumo. Ella, que era fresca y de piel encarnada, y que veía al marido débil, sin capacidad para poder regar a menudo su jardín, y que casi todas las mañanas se levantaba al alba, justo en la hora en la que a ella le habría gustado jugar a los abrazos y meter al diablo en el infierno, se encontraba muy a disgusto viendo cómo perdía sin placeres su juventud. Con lo cual, dispuesta a resolver sus necesidades del modo mejor y más secreto posible, pensó que pronto tendría la oportunidad, con tal de que encontrase a alguien que le gustase, puesto que, como su señor marido se iba de buena hora al Parlamento y volvía tarde a casa, tendría en ese tiempo comodidad suficiente para satisfacer sus deseos. Hechas estas consideraciones consigo misma, empezó a ponerse a la puerta y a la ventana para ver quién andaba por la calle, y para escoger al que mejor le pareciese para su propósito.[312] Y aunque durante muchos días vio pasar a muchos y ninguno satisfacía su apetito, sucedió que un día pasó por delante uno de veintiséis o veintiocho años, quien, al hacerle cortésmente una reverencia con el sombrero y marchar luego a sus asuntos, mucho le gustó a primera vista. Era este lombardo, y por los negocios que traía entre manos tenía que hacer aquel camino cuatro o seis veces al día más o menos. La dama, dándose cuenta tras verlo pasar tres o cuatro días, en los que cada vez le gustaba más, empezó a ponerle buena cara cuando lo veía pasar, y a demostrarle que consideraba algo sumamente apreciado el honor que él le hacía. El joven, que, como espabilado que era, se percataba de ello, pensó que quizás no fuese un despropósito ponerse al servicio de la dama. Y estando él con este pensamiento, una vez que pasaba delante como solía, ella le dijo:

—Señor, ¿a dónde vais con tanta prisa?

Y enrojeció completamente. El lombardo se paró, y como sabía hablar bien francés, le respondió respetuosamente diciendo:

—Señora, voy por ciertos negocios al puente de Nôtre Dame, pero si hay algo que pueda hacer en vuestro servicio y que os dignéis ordenarme, me encontraréis siempre dispuesto a obedeceros, pues ya desde hace algún tiempo deseo ser vuestro servidor.

Y viendo iluminarse los ojos de la dama, empezó a coger confianza y a decirle que hacía muchos meses que él

312 De nuevo nos encontramos con una mujer de fuerte personalidad, que busca conscientemente satisfacer sus deseos.

estaba perdidamente enamorado de ella, pero que como era extranjero no se había atrevido a manifestarle su ferviente amor. En suma, como ella tenía aún más deseo que él, acordaron que a la mañana siguiente él estuviese bien temprano en la calle, y apenas el señor saliese para ir al Parlamento, entrase en la casa y fuese derecho a su alcoba; y le indicó cuál era. El lombardo cumplió todo lo acordado, y se encontró en la cama con ella, y haciéndolo de modo muy diferente a como lo hacía el marido, la satisfizo admirablemente y corrió en tres horas cinco postas sin cambiar de caballo.[313] Tan bien les fue que, como el lombardo encontraba el terreno mullido y enjundioso y la dama un labrador cada vez más fresco y gallardo, se pusieron de acuerdo muy gustosamente para tener bien labrada la finca, y hasta tal punto intimaron que incluso a mediodía él iba a cavar una o dos veces, y así continuaron muchos meses.[314]

Hasta que una vez que estaban retozando con gran ímpetu los escuchó uno de la casa, quien, sospechando lo que sucedía, se puso al acecho y vio salir al joven de la alcoba. Empezó entonces a vigilar constantemente a su ama, percatándose de que habitualmente por la mañana, cuando el señor salía de casa, el amigo entraba. Y así, tras avisar a otro que servía al marido como canciller para que quedase de guardia, una mañana que el lombardo estaba en la alcoba, fue y le reveló todo al patrón. Llegado el señor a casa, hizo cerrar la puerta y mandó a los dos que se quedasen abajo armados con alabardas, con el fin

313 Metáfora sexual acerca de las veces que se repitió el acto amoroso.
314 Las metáforas sexuales agrícolas eran tradicionales. Se trata en este caso de lo que se denomina una metáfora continuada: terreno mullido y enjundioso, labrador, labrada la finca, cavar una o dos veces.

de que si el joven se le escapaba de las manos, ellos lo matasen. Después, quitándose la toga, cogió una espada, fue a la alcoba y llamó, interpelando a la dama que, tal y como se encontraba, se tuvo por muerta. Aun así abrió la puerta, que el marido cerró con rapidez. Estaba el lombardo desarmado, y ya se había puesto las calzas y el jubón cuando el señor le dijo:

—No sé quién eres, pero si no quieres morir, coge tu ropa y salta inmediatamente por la ventana.

Esto le pareció miel sobre hojuelas al joven, y cogiendo el sayo y la capa saltó al patio de un vecino, y tuvo la fortuna de que nadie lo viese. Cerró después la ventana el señor doctor y tras haber hecho acostarse de nuevo a la dama, llamó a sus dos espías. Apenas entraron les espetó:

—¿Dónde está el que me habéis dicho que se acostaba con mi mujer? Menudos haraganes y bribones que estáis hechos, queriendo difamar a una señora de bien. Seguro que estabais borrachos, villanos. Idos, que por esta vez os lo perdono, pero en lo sucesivo abrid bien los ojos.

Los dos bajaron que parecían endemoniados, y no sabían qué decir. El marido, después de echarle una amarga regañina a su mujer para que no volviese a caer en aquel error, regresó al Senado. Pero la dama, que no podía olvidarse de su amante, encontró otro modo de estar en secreto con él.

Ahora, señores míos, ¿no os parece que este consejero se aconsejó a sí mismo mejor que micer Bernardino Busto o el bobo del mantuano? En verdad que si él sabía aconsejar a otros, en este peligrosísimo caso se aconsejó muy bien, salvando así el honor propio y el de la mujer.

[CUENTO DEL MARIDO CRÉDULO]

BANDELLO AL MUY ILUSTRE Y VALEROSO SEÑOR GALASSO LANDRIANO, CONDE DE PANDINO SALUTE

Se encuentran algunos hombres de tan obtuso y escasísimo entendimiento que de tal manera permiten que las mujeres les coman las papas[315] que se dejan persuadir por manifiestas y evidentísimas mentiras, y sus zorrunas palabras creen como si creyesen el Evangelio de San Juan. Y hay veces que, aunque hubiese diez testigos muy dignos de fe que declarasen haber visto algo, el señor Babieca[316] antes creerá la trola de su mujer que no a diez hombres veraces y de bien. De ello se sigue que este tipo de mujeres continuamente hacen cosas que poco o nada tienen de honesto, y quedan señaladas como difamadoras de nobles familias y parentelas, y a menudo hacen heredar a sus hijos bastardos la fortuna del marido, en la cual no tienen arte ni parte, privando así a los legítimos herederos de aquello que debería tocarles por derecho.

[315] Abusen de ellos; los dominen. [316] Nombre tradicional para designar a un tonto.

Se charlaba sobre este asunto en Milán, en casa de la muy magnífica y muy gentil señora Giulia Sanseverina e Maina, vuestra honorable cuñada, y diversas cosas se decían sobre los que creen tanto en las mujeres, cuando Clodo Verz da Condomo, hombre de armas de la compañía del señor de Lautrec, gobernador y vicerey en Italia del cristianísimo rey Francisco,[317] muy a la sazón narró una breve historia, la cual os relaté cuando estuve con vos en vuestro acogedor castillo de Pandino y mientras volvíamos a la villa de Espino, y me pedisteis que os hiciese una copia. Y como os prometí que en cuanto estuviese en Milán os la haría llegar, ahora os la envío dedicada a vuestro nombre, tanto por cumplir con mi promesa como para que quede para la posteridad como testimonio de nuestra amistad. Ahora ya no podréis decir que sólo me acuerdo de vos cuando os veo. Tened a bien el dársela a leer a la muy noble consorte vuestra, la señora Lodovica Sanseverina.

Beso reverentemente las manos a vuesas mercedes. Quedad con salud.

[317] Francisco I: rey de Francia coetáneo y enemigo de Carlos I de España, quien lo derrotó en la célebre batalla de Pavía (1525). Volverems a encontrarlo en los cuentos de su hermana Margarita de Navarra.

LA MUJER DE UN GENTILHOMBRE DISFRUTA AMOROSAMENTE CON EL COMPAÑERO DEL MARIDO, Y DE TAL MODO ENCANDILA AL MARIDO QUE ESTE NO PUEDE CREER NADA MALO DE ELLA.

Siguiendo el tema sobre el que tantas cosas se han dicho, os diré con certeza que no debemos crucificar a hombres ni a mujeres, porque todos, si lo observamos minuciosamente, estamos manchados de una misma pez.[318] Hay hombres sabios y también hay mujeres. Y si afirmo que hay muchos hombres sin entendimiento ni juicio, ¿quién dudaría de que digo la verdad? Igualmente, sería manifiesta estulticia querer negar que hay bastantes mujeres de poca mollera, y así se ven en uno y en otro sexo tantos cuantos errores se pueden cometer. Sin embargo, sobre quién merezca mayor reprensión al errar, si el hombre o la mujer, hay muchas razones, para ser ciertos, que nos obligan a confesar que nosotros los hombres somos más culpables y merecemos mayor castigo. Y si no me queréis creer, preguntadle a la señora Giulia y a su sobrina doña Maddalena Sanseverina, consorte de monseñor el general Ferrero.

Pero para no entrar ahora en una excesiva disertación, y tratar sobre los maridos que se dejan tomar el pelo como niños por sus mujeres, os contaré que en mi pueblo de Gascuña[319] vivía en una populosa villa, y creo que aún

[318] Todos tenemos los mismos defectos. [319] Región del suroeste de Francia que incluye los Pirineos.

vive, un gentilhombre, joven de unos veintisiete años y de bienes de fortuna ricamente provisto, que por su liberalidad gozaba de gran crédito entre todos y del amor del pueblo. Y no sólo del amor, sino también del temor de sus paisanos, pues era soldado muy valiente y orgulloso de su persona, que no necesitaba que le tocasen un pelo de la ropa para tomarse la venganza como fuese. Este sujeto se enamoró de la mujer de un compañero, gentilhombre del mismo lugar, quien disfrutaba increíblemente con la caza, y todo el día estaba a caballo, ya con perros, ya con halcones. Enamorado desmesuradamente el compañero de la mujer de este, y como podía frecuentarla con familiaridad todo el día a cualquier hora, tuvo en varios momentos ocasión de manifestar a la señora su amor, y con tal disposición le supo exponer su sentimiento que en poco tiempo conquistó el amor de ella y empezaron a divertirse juntos amorosamente con enorme placer por ambas partes. Pero como usaban con poca discreción la intimidad que tenían, despertaron grandes sospechas en la madre del marido de la señora, quien empezó a no quitarles ojo de encima ni un instante, de modo que claramente se percató de que los dos amantes se gozaban amorosamente, y un buen día se lo hizo ver a otro hijo suyo. Entonces los dos de consuno advirtieron al marido, diciéndole que su mujer lo deshonraba, y que el adúltero era su compañero. Pero el buen hombre, a quien la avispada mujer tenía como una malva, estaba tan bien regado que no podía creer nada malo de su esposa, ni se le pasaba por la imaginación que su compañero le hubiese hecho nunca semejante agravio. De modo que les dijo a la madre y al hermano que se engañaban, y que no habría creído tal locura aunque la hubiese visto con sus propios ojos, y que sabía bien que su mujer no era de las de esa ralea. Y así los amantes perseveraban en el buen juego de gozarse mutuamente.

Sucedió un día que el marido, que quería salir a cazar después de comer, invitó a su compañero a ir con él. Este, excusándose, dijo que tenía que arreglar ciertos asuntos y no podía acompañarle, por lo que el cazador marchó a echar sus perros a las liebres mientras su compañero se retiraba a la alcoba de la amante a echar al diablo al infierno.[320] Y estaba echándolo como siempre vigorosamente, cuando hete aquí que la suegra con el otro hijo, que habían estado al acecho y habían visto al adúltero entrar en la alcoba, se pusieron a golpear la puerta y llamar a la señora por su nombre. El joven se retiró tras las cortinas del lecho y la señora abrió la puerta. Entonces la suegra dijo con voz orgullosa:

—Mala hembra —dijo—, ¿dónde está el hombre que acaba de entrar aquí?

Respondió la joven que no lo sabía, pero la astuta vieja, al no verlo, anduvo por la alcoba y lo descubrió escondido tras las cortinas. Salió el enamorado joven, y como ni el hermano del marido, y menos la madre, se atrevían a reprenderle, la madre únicamente le dijo que la amistad que mostraba a su hijo no merecía tanto ultraje como él y la esposa le hacían, y que estas bromitas no se hacían a un amigo. El joven, sin valorar un ardite lo que la vieja le decía, fingía no entender nada, y así salió de la casa, como si el hecho no le incumbiese.

Cuando después regresó el marido de la caza, apenas desmontado del caballo, la madre y el hermano, en presencia de la mujer, lo rodearon y le contaron lo que había

320 Metáfora sexual proveniente de un famoso cuento del *Decamerón*: el diablo es el órgano sexual masculino y el infierno el femenino.

sucedido. Pero la mujer, ni un ápice turbada, audazmente negaba todo, y con los brazos en jarras, con buena cara le decía que le lanzaban tales imputaciones porque la odiaban. El marido, que amaba a la mujer desmesuradamente y no podía creer nada malo de su amigo, ordenó a su madre y a su hermano que no le volviesen a decir una palabra del asunto, declarando que quería que su amigo pudiese venir a casa y estar en su alcoba con la mujer de noche y de día, porque los conocía bien y sabía que podía fiarse libremente de ellos. Después mandó regalar a su amigo dos de las liebres que había cazado.

A la mañana siguiente, cuando se encontró con su galante compañero, le contó cuanto le habían dicho, pero añadiendo que ciertamente nada les creía. A lo que el otro le respondió que se lo agradecía de corazón, y que podía fiarse de él como de su propio hermano, pero que después de que su madre y su hermano se hubiesen formado contra él equivocadamente tan mala opinión, él no volvería a frecuentar su casa en lo sucesivo. Entonces, el señor No-Sé-Cómo-Llamarlo montó en cólera, e insistió en que quería que pasase por su casa como antes. ¿No os parece, señoras mías, y vosotros, señores, que la mujer se lo había camelado bien y había sabido donosamente manejarlo? Pero ya que así él lo quería, no es de extrañar que los amantes siguiesen pasándoselo bien.

Derecha: Francesco del Corsa:
El triunfo de Venus (1470).
Palazzo Schifanoia, Ferrara.

El Heptamerón

Margarita de Navarra

[hacia 1540]

El *Heptamerón* de Margarita de Navarra, conocido como el *Decamerón* francés, es la tercera gran obra maestra de la narrativa breve europea. Margarita de Navarra (1492-1549) fue una de las mujeres más influyentes de la primera mitad del siglo XVI. Hermana del rey Francisco I de Francia (gran enemigo de Carlos I de España), y esposa del rey de Navarra (en aquellos tiempos, un pequeñísimo territorio independiente de Los Pirineos, muy estratégicamente situado entre Francia y España), participó activamente en la política francesa, especialmente en los litigios entre España y Francia, y protegió en sus cortes a sabios y artistas, con particular predilección por los filósofos y teólogos evangélicos y reformistas cercanos a las tesis luteranas, lo que le ocasionó no pocos problemas con la jerarquía católica y la universidad de París. Admirada por intelectuales como Erasmo de Rotterdam o François Rabelais, escribió poesía y teatro religioso y profano, pero su obra cumbre es el *Heptamerón*, que consta de setenta y tres relatos en prosa engarzados en un marco narrativo al estilo del *Decamerón*: diferentes personajes, afectados por un violento temporal en Los Pirineos, logran refugiarse en el monasterio de Nuestra Señora de Sarrance, y allí, mientras esperan que pasen las inundaciones, narran diez cuentos por día, con una temática específica cada jornada, y van debatiendo sobre cada historia narrada, prestando especial atención al tema de las relaciones entre hombres y mujeres. La obra —publicada nueve años después de la muerte de la autora— refleja perfectamente el ambiente ideológico renacentista, con sus preocupaciones por la reforma religiosa y su crítica al clero corrupto.

[CUENTO DEL MATRIMONIO DE ALEÇON]

UNA MUJER DE ALENÇON
TENÍA DOS AMIGOS,
UNO POR PLACER Y OTRO POR INTERÉS;
HIZO MATAR AL QUE PRIMERO
SE ENTERÓ Y LUEGO IMPLORÓ PERDÓN
PARA ELLA Y PARA SU MARIDO
FUGITIVO, EL CUAL, MÁS TARDE,
PARA AHORRARSE UN POCO DE DINERO,
SE DIRIGIÓ A UN HECHICERO,
Y ASÍ EL ASUNTO FUE
DESCUBIERTO Y CASTIGADO.

Señoras, tan mal se me ha recompensado por mis muchos servicios que, para vengarme del amor y de la que es tan cruel conmigo, me pondré a la tarea de hacer una relación de todas las malas mañas que las mujeres hacen a los pobres hombres, y no diré más que la verdad.[321]

En la villa de Alençon,[322] en vida del último duque, el duque Carlos,[323] había un procurador llamado Saint-Aignan que se había casado con una gentil dama del país, más

[321] Este relato lo narra Sirmontaut, quien, enamorado de Parlamente, bella pero virtuosa dama casada, que no le corresponde, encabezará las críticas antifemeninas en todo el libro. [322] Localidad francesa de la Baja Normandía situada a unos ciento cincuenta kilómetros al Suroeste de París. En ella, Margarita de Navarra (entonces Margarita de Angulema) estableció su primera corte. [323] Carlos de Alençon, primer marido de Margarita de Navarra. En el relato se recogen hechos reales vividos por la autora, sin ni siquiera cambiar los nombres. En el prólogo del *Heptamerón*, cuando Parlamente hace la propuesta de entretenerse narrando relatos como habían hecho los personajes del *Decamerón*, establece la condición de que, a diferencia del modelo italiano, las historias narradas sean todas verdaderas.

hermosa que virtuosa, a la cual, por su belleza y ligereza, cortejaba insistentemente el obispo de Sées,[324] el cual, para alcanzar sus fines, trató tan bien al marido que no sólo no se percataba del vicio de su mujer y del obispo, sino que además le hizo olvidar la devoción que siempre había tenido en el servicio de su señor y su señora,[325] de manera que de leal servidor se volvió tan contrario a ellos que llegó a buscar hechiceros para hacer morir a la duquesa.[326] Así pasó largo tiempo el obispo con la desgraciada mujer, que le obedecía más por avaricia que por amor,[327] y también porque su marido le pedía que lo tratase bien.[328] Sin embargo, había un joven en la villa de Alençon, hijo del corregidor, al que ella amaba tanto que estaba medio enajenada, y a menudo se valía del obispo para que hiciese algún encargo a su marido con el fin de poder ver a su sabor al susodicho hijo del corregidor, llamado Du Mesnil. Duró mucho tiempo esta vida, en la que ella tenía para su provecho al obispo y para su placer a Du Mesnil, al que juraba que los favores que concedía al obispo no eran más que para poder continuar con los suyos más libremente, y que de lo que él había obtenido[329] el obispo no había recibido más que promesas, y podía estar seguro de que nunca ningún otro hombre conseguiría nada más.

Un día en que su marido se había ido con el obispo, ella le pidió permiso para ir al campo, diciendo que el

[324] Jacques de Silly, obispo de Sées de 1511 a 1539. [325] Los duques de Alençon, la propia Margarita y su marido. [326] Se adelantan los acontecimientos que sucederán, en los cuales la autora («la duquesa») tendrá su parte. [327] Le obedecía más por los beneficios materiales que podía obtener de él que por amor. [328] Se insinúa que el marido consiente por interés en la relación adúltera de la mujer. [329] El mantener relaciones sexuales con ella.

aire de la ciudad le era perjudicial, y apenas se instaló en la granja, escribió de inmediato a Du Mesnil para que no dejase de ir a encontrarse con ella hacia las diez de la noche, lo cual hizo el pobre joven. Sin embargo, al llegar a la puerta encontró a la sirvienta que acostumbraba a franquearle el paso, que le dijo:

—Amigo, marchaos a otra parte, que vuestra plaza está tomada.[330]

Y él, pensando que el marido había regresado, le preguntó qué había pasado. La pobre mujer, apiadándose de él al verlo tan apuesto, joven y honesto, tan enamorado y tan poco correspondido, le reveló la locura de su señora, suponiendo que al oírla dejaría de amarla tanto. Y le contó que el obispo de Sées acababa de llegar y se había acostado con ella, aunque ella no lo esperaba porque no debía venir hasta el día siguiente, pero, como había retenido en su casa al marido, se había escabullido por la noche para verla en secreto. Completamente desesperado, Du Mesnil, que apenas podía creerlo, se escondió en una casa cercana y vigiló hasta las tres de la madrugada, hora en que vio salir de allí dentro al obispo, no tan bien disfrazado que no lo reconociese muy a su pesar.

Lleno de desesperación regresó a Alençon, adonde poco después llegó su perversa amiga, quien, pensando engañarle como acostumbraba, fue a hablar con él. Sin embargo, él le dijo que, como tocaba cosas sagradas,[331] ella era demasiado santa para hablar con un pecador como él, cuyo arrepentimiento era tan grande[332] que

[330] Que alguien está con vuestra amante. Metáfora militar: *plaza*, en el sentido de lugar fortificado, es la mujer; *tomada* o conquistada significa acompañada por otro amante. [331] Es decir, al obispo. [332] Arrepentimiento no en sentido religioso, sino mundano: le duele haber sido su amante.

esperaba que su pecado sería pronto perdonado. Cuando ella comprendió que su enredo había sido descubierto y que ni excusa, juramento o promesa de enmienda alguna le servirían de nada, se dirigió con las quejas a su obispo, y, tras haber deliberado un buen rato con él sobre el asunto, fue a decirle a su marido que no podía continuar en la villa de Alençon, porque el hijo del corregidor, al que tanto apreciaba como amigo, atentaba constantemente contra su honra, y le pidió que se marchasen a Argentan[333] para disipar toda sospecha. El marido, que se dejaba gobernar por ella,[334] accedió; pero no llevaban mucho tiempo en Argentan cuando la desgraciada mandó a Du Mesnil recado diciéndole que era el hombre más malvado del mundo y que había sabido que había difamado públicamente a ella y al obispo de Sées, por lo que ella se ocuparía de hacer que se arrepintiese.

El joven, que jamás había hablado con nadie que no fuese ella misma y que temía caer en desgracia ante el obispo, se dirigió a Argentan con dos sirvientes y encontró a su dama a la hora de vísperas[335] en los Dominicos.[336] Fue a arrodillarse a su lado y le dijo:

—Señora, he venido aquí para juraros ante Dios que no he hablado de vuestro honor a nadie en el mundo más que a vos misma. Me habéis hecho un agravio tan malvado que no os he dicho ni la mitad de las injurias que os merecéis. Y si hay hombre o mujer que mantenga que he

[333] Localidad del oeste de Francia, en la región de Normandía. [334] De nuevo, una mujer dominante y taimada, aunque esta vez mucho más malvada, y un marido débil de carácter. [335] *Vísperas*: último de los oficios eclesiásticos del día. Al atardecer. [336] En la iglesia de la orden religiosa de Santo Domingo.

hablado de ello alguna vez, aquí he venido para desmentirlo ante vos.

Ella, viendo que había mucha gente en la iglesia y que él estaba acompañado de dos buenos sirvientes, se forzó a hablar lo más amablemente que pudo, diciéndole que no tenía la menor duda de que decía la verdad y que lo consideraba demasiado buen hombre como para hablar mal de nadie y menos de ella, que le profesaba tanta amistad; pero que su marido había oído ciertos rumores, por lo que le rogaba que se dignase a declarar ante él que no había dicho una palabra y que no creyese nada de ello. Él accedió de buen grado, y tratando de acompañarla a su vivienda, la cogió del brazo, pero ella le dijo que no estaría bien que lo viesen con ella, y que su marido pensaría que ella le había transmitido aquellas palabras, y cogiendo a uno de los criados de la manga, le dijo:

—Dejadme a este, y en cuanto llegue el momento, lo mandaré a buscaros; pero, mientras tanto, id a descansar a vuestro albergue.

Y él, que no sospechaba nada de la conspiración, se marchó.

Ella dio de cenar al sirviente que había retenido, quien constantemente preguntaba cuándo llegaría el momento de ir a buscar a su señor. Ella cada vez le respondía que sería muy pronto. Y cuando se hizo de noche, envió en secreto a uno de sus criados a buscar a Du Mesnil, quien, sin recelar del daño que se le preparaba, se dirigió con atrevimiento a la casa de Saint-Aignan, en donde la mujer retenía a su criado, de manera que él no tuviese nada más que uno con él. Y cuando llegó a la entrada de la casa, el criado que lo llevaba le dijo que la dama deseaba hablar con él antes que su marido, y que lo esperaba en una estancia en la que se encontraba sola con su criado, por lo que le convenía enviar al otro a la puerta de delante. Así lo hizo, y al subir una pequeña y oscura escalera, el procurador Saint-Aignan, que había emboscado unos hombres en un guardarropa, empezó a oír el ruido, y, al preguntar qué era aquello, le respondieron que se trataba de un hombre que quería entrar a escondidas en la casa. Entonces, un tal Thomas Guérin, que tenía por oficio el de asesino a sueldo, y a quien el procurador había contratado para esa ejecución, se lanzó a darle tantas estocadas al pobre joven que, por mucho que trató de defenderse, no pudo evitar caer muerto a sus manos. El criado que se encontraba con la dama le dijo:

—Oigo hablar a mi señor en la escalera. Voy con él.

—No os inquietéis —dijo la señora, reteniéndolo—, que vendrá en seguida.

Pero poco después, al oír a su amo que decía: «¡Me muero y a Dios encomiendo mi alma!», quiso ir a socorrerlo, pero ella le retuvo diciéndole:

—No os inquietéis, que mi marido castiga sus atrevimientos juveniles. Vamos a ver qué pasa.

Y, asomándose desde lo alto de la escalera, preguntó a su marido:

—¿Y bien, está ya hecho?

—Venid a verlo —respondió él—: acabo de vengaros de quien tanta vergüenza os ha procurado.

Y diciendo esto, con un puñal que llevaba asestó diez o doce puñaladas en el vientre a quien, de haber estado vivo, no hubiese osado atacar.[337]

[337] Acción que delata la cobardía y fanfarronería del marido, personaje muy negativamente caracterizado.

Después de cometido el homicidio, y de que los dos criados del finado hubieran huido para dar la noticia al pobre padre, aunque convencido Saint-Aignan de que el asunto no podía mantenerse en secreto, considerando que el testimonio de los servidores del muerto no tenía por qué ser creído, y que nadie en su casa había visto lo ocurrido, salvo los asesinos, una vieja sirvienta y una doncella de quince años, decidió prender a la vieja en secreto. Sin embargo, ella encontró la forma de escapar de sus manos y se acogió a sagrado[338] en los Dominicos, por lo que fue el testigo más seguro de aquella muerte. La joven camarera permaneció algunos días en la casa, pero Saint-Aignan halló la manera de sobornarla por medio de uno de los asesinos y la llevó a una casa pública[339] de París, para que no tuviese crédito su testimonio. Y para ocultar el asesinato, hizo quemar el cuerpo del pobre difunto, y los huesos que no se consumieron en el fuego los hizo poner en la argamasa de una obra que estaba haciendo en su casa. Luego, con toda diligencia, solicitó gracia ante la justicia, alegando que había prohibido muchas veces la entrada en su casa a un individuo que, según sus indicios, perseguía la deshonra de su mujer, el cual, a pesar de su prohibición, se había acercado de noche secretamente para hablar con ella; por lo que, al encontrarlo en la entrada de su alcoba, llevado más por la cólera que por la razón, lo había matado.[340] Sin embargo,

[337] Acción que delata la cobardía y fanfarronería del marido, personaje muy negativamente caracterizado. [338] Según una antigua costumbre de origen medieval, los perseguidos por la ley podían refugiarse en iglesias y monasterios para no ser presos, pues estos recintos sagrados eran inviolables para alguaciles, soldados y otras gentes de armas. A esto se le denominaba «acogerse a sagrado». [339] Un burdel. [340] Admitió el crimen, pero solicitando el perdón, alegando que no fue premeditado sino pasional, y en defensa de la propia honra.

no pudo él enviar la carta a la cancillería antes de que el duque y la duquesa, advertidos del caso por el desdichado padre, mandasen un canciller para impedir el perdón.

El desgraciado, viendo que no lo podía obtener, huyó a Inglaterra con su mujer y algunos parientes, pero antes de partir dijo al asesino que había cometido el crimen a petición suya que había visto cartas del rey ordenando prenderlo y darle muerte, pero que, en virtud de los servicios que le había prestado, quería salvarle la vida. Y le dio diez escudos para que se alejase del reino. Así lo hizo, y desde entonces no se ha vuelto a saber de él.

El asesinato fue perfectamente corroborado tanto por los servidores del muerto como por la camarera acogida en los Dominicos, así como por los huesos encontrados en la argamasa, de modo que el proceso quedó visto para sentencia en ausencia de Saint-Aignan y su mujer, a quienes se juzgó en rebeldía y se condenó a muerte, siendo confiscados sus bienes por el príncipe y otorgados mil quinientos escudos al padre por las costas del proceso. En Inglaterra, Saint-Aignan, al ver que podía considerarse muerto en Francia a causa de la justicia, prestó tan buenos servicios a muchos grandes señores que, con la ayuda de los parientes de su mujer,[341] el rey de Inglaterra intercedió ante el de Francia para que le concediese el perdón y le restituyese sus bienes y honores. Pero el rey, que había oído del cruel y desmesurado crimen, envió el proceso al rey de Inglaterra, rogándole considerar si era aquel caso que mereciese perdón, e informándole de que en su reino el único que tenía el

341 No se olvide que ella era un «gentil dama», es decir, de familia rica o noble, e influyente.

privilegio de conceder gracia en su ducado era el duque de Alençon.[342] Sin embargo, a pesar de todas estas razones, el rey de Inglaterra no se conformó, e insistió tan tenazmente que finalmente el procurador la obtuvo[343] gracias a su requerimiento, y regresó a su casa donde, para consumar su maldad, se conchabó con un hechicero llamado Gallery, con la esperanza de que gracias a sus mañas quedaría exento de pagar los mil quinientos escudos al padre del muerto.

Con este fin, se fueron su mujer y él disfrazados a París, y viendo ella que su marido se encerraba largo tiempo con el tal Gallery, y que no le informaba de la finalidad de aquello, una mañana los espió y vio que Gallery le mostraba cinco figuras de madera, tres con las manos caídas y dos con ellas alzadas hacia arriba.

—Necesitamos —le decía al procurador— hacer unas figuras de cera iguales a estas: las que tengan los brazos colgando serán las de aquellos que haremos morir, y las que los tengan levantados serán las de quienes solicitaréis el favor y la estima.

—Esta será la del rey —respondía el procurador—, de quien quiero ser amado, y esta del canciller de Alençon, el señor Brinon.[344]

—Es preciso —le dijo Gallery— poner estas figuras bajo el altar de donde oyen misa, pronunciando unas palabras que en su momento os diré.

[342] Se trata de una situación jurídica de transición entre una sociedad feudal, en que cada feudo es jurídicamente independiente, y una sociedad mercantil en la que el poder judicial abarca a todo el estado-nación. [343] La gracia, el perdón. [344] Presidente del Parlamento de Rouen y hombre de confianza de Margarita.

Y hablando de las que tenían los brazos caídos, el procurador dijo que una era de don Gilles Du Mesnil, padre del difunto, porque sabía con certeza que, mientras viviese, no dejaría de perseguirle. Y una de las mujeres que tenía los brazos colgando sería la señora duquesa de Alençon, hermana del rey,[345] porque estimaba tanto a su anciano servidor y había sabido de la maldad del procurador en tantos otros asuntos que, si no moría, él no podría vivir. La segunda mujer de brazos colgando sería su esposa, quien había sido la causa de todos sus males, y estaba seguro de que nunca se enmendaría de su perversa vida.

Cuando su mujer, que lo veía todo por un agujero de la puerta, oyó que la colocaba en el grupo de los difuntos, resolvió que ella lo enviaría antes con ellos, y fingiendo que iba a pedir dinero a un tío suyo llamado Néaufle, relator del duque de Alençon, le contó lo que había visto y oído a su marido. El citado Néaufle, como buen y leal servidor, se dirigió al canciller de Alençon y le contó toda la historia, y como el duque y la duquesa no estaban ese día en la corte, el canciller acudió a contar el extraño caso a nuestra señora la Regenta, madre del rey y de la duquesa,[346] quien de inmediato envió a buscar al preboste de París, llamado La Barre, el cual practicó tan bien la diligencia que apresó al procurador y a su hechicero Gallery, quienes sin tortura ni apremio confesaron libremente su culpa.[347] El proceso se tramitó y se remitió

[345] La propia autora. [346] Luisa de Saboya, muerta en 1531, mujer también de fuerte personalidad y gran talento político, que ejerció una influencia decisiva en Margarita y en su hermano, el rey Francisco I. [347] Nótese el encadenamiento de oraciones de relativo –quien, el cual, quienes–, con el fin de acelerar la acción.

al rey, y hubo quienes, queriendo salvarles la vida, le dijeron que con sus encantamientos ellos no buscaban otra cosa que su favor. Mas el rey, a quien la vida de su hermana le era tan querida como la suya, ordenó que se dictara sentencia como si hubiesen atentado contra su propia persona. Sin embargo, su hermana la duquesa de Alençon le suplicó que perdonara la vida al procurador y conmutara su muerte por otra pena grave, lo que le fue otorgado, siendo él y Gallery enviados a Marsella, a las galeras del barón de Saint-Blancard,[348] en las que acabaron sus días en gran cautiverio y tuvieron tiempo de reconocer la gravedad de sus pecados.[349] Y la malvada mujer, en ausencia de su marido, continuó pecando más que nunca y murió miserablemente.

—Os ruego, señoras, que consideréis el daño que deriva de una mala mujer, y cuánto mal se hizo por el pecado de esta. Admitiréis que desde que Eva hizo pecar a Adán todas las mujeres han tomado a su cargo atormentar, matar y dañar a los hombres. En cuanto a mí, yo he padecido tanto su crueldad, que jamás pensé morir ni sufrir más que por la desesperación en que una de ellas me ha sumido.[350] Y estoy tan loco que llego incluso a

[348] Bernard d'Ornezan, barón de Saint Blancard, general de las galeras del rey. Fue quien organizó el viaje de Margarita a Madrid para negociar con Carlos I, tras la batalla de Pavía (1525), la liberación de su hermano Francisco I, que había sido hecho prisionero en ella. [349] Nótese el cuidado en la descripción jurídica del proceso (con todos sus cargos y términos técnicos: canciller, procurador, relator, preboste, etc.; para su significado preciso, ver *glosario*), pero también la intervención como *deus ex machina* del rey y su hermana Margarita para arreglar la situación: estamos ya en el tiempo de los Estados-nación y sus Monarquías absolutas. [350] Se refiere a Parlamente, por la que siente un fuerte amor no correspondido.

confesar que ese infierno me es más placentero, por venir de su mano, que el paraíso concedido por la de otra.

Parlamente, simulando no enterarse de que él decía aquello por ella, le dijo:

—Pues el infierno os es tan placentero como decís, no debéis temer al diablo que os ha llevado a él.

—Si mi diablo se volviera tan negro como malvado me ha sido —respondió él encolerizado—, daría tanto miedo a esta compañía como placer a mí cuando lo contemplo, pero el fuego del amor me hace olvidar el de este infierno. Y, para no hablar más de esto, cedo la palabra a doña Oisille para que cuente el segundo cuento, y estoy seguro de que si ella quiere decir sobre las mujeres lo que sabe, será de mi misma opinión.

[CUENTO DEL PRIOR HIPÓCRITA]

UN PRIOR REFORMADOR, AL ABRIGO DE SU HIPOCRESÍA, INTENTA POR TODOS LOS MEDIOS SEDUCIR A UNA SANTA RELIGIOSA, HASTA QUE POR FIN SE DESCUBRE SU MALDAD.

En la ciudad de París, había un prior de Saint-Martin-des-Champs,[351] cuyo nombre callaré en aras de la amistad que le profesé. Hasta la edad de cincuenta años, su vida fue tan austera que la fama de su santidad corrió por todo el reino, hasta el punto de que no había príncipe ni princesa que no le recibiese con grandes honores cuando los iba a visitar. Y no se llevó a cabo reforma alguna de orden religiosa que no se pusiese en sus manos, por lo que se le llamaba padre de la verdadera religión.[352] Fue nombrado visitador de la gran Orden de Señoras de Fontevrault,[353] y era tan temido por ellas que cuando iba a alguno de sus monasterios, todas las religiosas temblaban del miedo que

[351] Etienne Le Gentil, prior desde 1508 a 1536. Los acontecimientos del relato se sitúan, pues, al final de este período. [352] La primera mitad del siglo XVI es período de intensas reformas religiosas, alentadas por el humanismo y el protestantismo. [353] Abadía benedictina femenina fundada en el siglo XII. El visitador era un supervisor o inspector de monasterios.

le tenían. Y para apaciguar los grandes rigores a que las sometía, lo trataban como si estuviesen ante el rey en persona, lo cual al principio él rechazaba, pero al fin, cercano ya a los cincuenta y cinco años, empezó a parecerle muy bien el trato que al comienzo había despreciado. Y considerándose a sí mismo un bien común a todas las órdenes, deseó cuidar su salud más de lo que acostumbraba, así que, aunque su regla ordenaba no comer nunca carne, se dispensó a sí mismo de ello, cosa que no hacía con nadie, diciendo que sobre él recaía todo el peso de la orden. De este modo, se dio a tantos festejos que de ser un monje muy flaco pasó a serlo muy gordo. Y a este cambio de vida le siguió un cambio de corazón tal que empezó a mirar los rostros, cosa que antes le provocaba escrúpulos, y al mirar las bellezas que los velos[354] hacen más deseables, comenzó a apetecerlas. Y así, para satisfacer este apetito, buscó tantas sutiles argucias que de pastor se convirtió en lobo, hasta el punto de que, en muchos conventos honrados, si encontraba alguna un poco necia, no dejaba de engañarla. Sin embargo, tras largo tiempo de vida depravada, la Bondad divina, apiadándose de las pobres ovejas descarriadas, no quiso tolerar más que triunfase la fama de este desgraciado, como ahora veréis.

Un día, yendo a visitar un convento cercano a París llamado Gif, sucedió que al confesar a todas las monjas encontró a una, de nombre Marie Héroët,[355] cuya voz era tan dulce y agradable que auguraba un rostro y un

[354] Los velos que llevaban las monjas. [355] Hermana de Antoine Héroote, obispo de Digne, difusor del neoplatonismo, perteneciente al círculo de Margarita de Navarra y muy apreciado en círculos humanistas (M. Soledad Arredondo).

corazón semejantes.[356] Así que, solamente por oírla, le embargó una pasión amorosa que sobrepasaba a todas las que había sentido por otras religiosas. Al hablarle, se inclinó para verla, y percibió una boca tan roja y voluptuosa que no pudo contenerse de alzarle el velo para ver si los ojos se concertaban con el rostro, al comprobar lo cual su corazón se llenó de un ardor tan vehemente que perdió las ganas de beber y comer, y toda su compostura, por mucho que disimulara. Cuando regresó a su priorato, no encontraba sosiego, por lo que pasaba los días y las noches en gran inquietud, buscando cómo podría alcanzar su deseo y hacer con ella lo que había hecho con muchas otras, lo cual temía que iba a ser difícil, porque le había parecido sabia al hablar, y tan sutil de espíritu que no podía abrigar grandes esperanzas. Por otra parte, se veía tan feo y viejo que decidió no declararle nada sino intentar conquistarla por miedo. Para ello, volvió poco después al mencionado monasterio de Gif, donde se mostró más austero que nunca, enojándose con todas las religiosas, reprendiendo a una porque su velo no era bastante largo, a otra porque erguía demasiado la cabeza, y a otra porque no hacía la reverencia como debía una monja. En todas esas pequeñeces se mostraba tan riguroso que se le temía como a Dios en el juicio final. Y como tenía gota y se había fatigado tanto visitando los lugares habituales, hacia la hora de vísperas, como había planeado, se encontró en su dormitorio.

—Reverendo padre —le dijo la abadesa—, es hora de decir vísperas.

[356] Igual de dulces y agradables.

—Id, madre, id, haced que las digan, que estoy tan cansado que me quedaré aquí, no para descansar, sino para hablar con la hermana Marie, de la que he oído muy malos informes, pues me han dicho que chismorrea como una mujer mundana.

La abadesa, que era tía de su madre, le rogó que la llamara a capítulo,[357] y la dejó sola con él y con un joven religioso que lo acompañaba. Cuando él se vio a solas con ella, empezó levantándole el velo y a ordenándole que lo mirara. Ella le respondió que su regla le prohibía mirar a los hombres.

—Bien dicho, hija mía —le dijo él—, pero no debéis considerar que nosotros los religiosos somos hombres.

Ante lo cual, la hermana Marie, temiendo pecar de desobediencia, le miró a la cara y lo encontró tan feo que creyó estar cumpliendo más una penitencia que cometiendo un pecado. El buen padre, tras haberle declarado con muchas palabras la gran amistad que le profesaba, quiso ponerle la mano en un pecho, lo cual ella rechazó como debía. Y él se enfadó tanto que le dijo:

—¿Acaso debe saber una religiosa que tiene pechos?

—Sé que los tengo —respondió ella—, y que ciertamente ni vos ni ningún otro los tocaréis, pues no soy tan joven e ignorante que no comprenda bien lo que es pecado de lo que no lo es.

Cuando vio él que sus palabras no la podían conquistar, intentó otro medio diciéndole:

—¡Ay, hija mía!, es menester que os declare mi extrema necesidad: padezco una enfermedad que todos los

357 Llamar a capítulo: llevar a un religioso ante la junta general de la orden, llamada capítulo, para juzgarle o reprenderle. Aquí, en el sentido, que ha pasado a la lengua coloquial, de reñir o reprender.

médicos encuentran incurable a no ser que disfrute y me solace con alguna mujer que me guste mucho. Por mí no querría cometer un pecado mortal, aun en riesgo de muerte, pero, aunque llegara a ello, sé que la simple fornicación no es en nada comparable al pecado de homicidio, por lo que, si en algo apreciáis mi vida, la salvaréis, al tiempo que salváis vuestra conciencia de la crueldad.

Ella le preguntó qué tipo de solaz pretendía hacer. Él le dijo que bien podía descargar su conciencia en la suya,[358] que no haría cosa alguna por la que una y otra pudiesen culparse, y para mostrarle el comienzo del pasatiempo que requería, fue a abrazarla, intentando echarla sobre un lecho. Ella, percatándose de su malvada intención, se defendió tan bien con las palabras y con los brazos que él no pudo tocarle más que las vestiduras. Entonces él, al ver que todas sus argucias y esfuerzos no habían servido de nada, furioso y abandonado no solamente por la conciencia sino también por la razón natural, le metió la mano bajo la ropa y arañó con las uñas todo cuanto pudo tocar, con tal furia que la pobre muchacha, con un fuerte grito, cuan larga era cayó desvanecida al suelo.

Al oír este grito entró en el dormitorio la abadesa, quien, estando en vísperas, se acordó de que había dejado a la monja, hija de su sobrina, con el buen padre, y sintió escrúpulos de conciencia que le hicieron dejar las vísperas e ir a la puerta del dormitorio a escuchar lo que hacían. Mas, al oír la voz de su sobrina, empujó la puerta que el joven fraile guardaba. Y cuando el prior vio llegar a la abadesa, mostrándole a su sobrina desvanecida, le dijo:

[358] Que no tuviese remordimientos ni dudas, pues él se hacía responsable del posible pecado.

—Sin duda, madre, habéis cometido un gran error al no decirme el estado de salud de la hermana Marie, porque, ignorando su debilidad, la he hecho estar de pie ante mí, y, mientras la reprendía se ha desvanecido como veis.

La hicieron volver en sí con vinagre y otros remedios apropiados, y hallaron que, con la caída, se había herido en la cabeza. Cuando hubo vuelto en sí, el prior, temiendo que contase a su tía la causa de su mal, le dijo aparte:

—Hija mía, os ordeno bajo pena de desobediencia y de reprobación, que no habléis jamás de lo que os he hecho aquí, pues habéis de saber que me ha forzado a ello un exceso de amor. Y como veo que no me queréis amar, no os volveré a hablar de ello más que esta vez, asegurándoos que, si me amáis, os haré nombrar abadesa de una de las tres mejores abadías de este reino.

Pero ella le respondió que preferiría morir en perpetua prisión que tener jamás otro amigo que Aquel que había muerto por ella en la cruz, con quien prefería sufrir todos los males que el mundo pudiese procurarle que contra él tener todos los bienes; y que no volviera a hablarle en aquellos términos o se lo diría a la madre abadesa, pero que si él callaba ella callaría. Así se marchó el malvado pastor, quien, para hacerse pasar por lo que no era y para tener una vez más el placer de contemplar a quien amaba, se volvió hacia la abadesa diciéndole:

—Madre, os lo ruego, haced cantar a todas vuestras hijas un *Salve Regina* en honor de esta Virgen en quien deposito mis esperanzas.[359]

[359] Repárese en el doble sentido, virtuoso y pecaminoso, de la frase, pues las esperanzas del prior no son muy santas precisamente.

Y así se hizo, mientras aquel zorro no hacía más que llorar, no de devoción sino de la pena que tenía por no haber cumplido la suya.[360] Y todas las monjas lo consideraban un hombre santo, creyendo que lo hacía por amor a la Virgen María. La hermana Marie, que conocía su maldad, le pedía[361] con su corazón que confundiera a quien tanto despreciaba la virginidad.

Así se fue este hipócrita a Saint-Martin, donde, como aquel malvado fuego que llevaba en el corazón no dejaba de arder día y noche, dio en buscar todas las argucias posibles para conseguir sus fines. Y, temiendo sobre todas las cosas a la abadesa, que era una mujer virtuosa, pensó el medio de alejarla de aquel monasterio. Acudió a la señora de Vendôme,[362] que a la sazón residía en La Fère, donde había fundado un convento benedictino llamado el Mont d'Olivet, y como, en su función de reformador supremo, le dio a entender que la abadesa del dicho Mont d'Olivet no tenía suficiente capacidad para gobernar una comunidad semejante, la buena señora le pidió que le indicara otra que fuera digna de aquella tarea. Él, que no esperaba otra cosa, le aconsejó que nombrase a la abadesa de Gif, como la más capacitada que había en Francia. De inmediato la señora de Vendôme la mandó llamar, y le entregó el mando de su monasterio de Mont d'Olivet. El prior de Saint-Martin, que tenía en sus manos el voto de todos los conventos, hizo elegir en Gif a una abadesa de su confianza, y, tras la elección, se fue a este monasterio a intentar de nuevo conquistar,

360 Su devoción: ironía, pues su devoción, como las esperanzas de la nota anterior, no es nada santa. 361 A la Virgen. 362 Marie de Luxemburgo, condesa de Vendôme, quien fundó el monasterio benedictino del Calvario en 1528.

con súplicas o dulzura, a la hermana Marie Héröet. Pero viendo que no había manera, regresó desesperado a su priorato de Saint-Martin, desde donde, para conseguir su fin y vengarse de la que había sido tan cruel con él, temiendo que el asunto se divulgase, hizo sustraer en secreto y de noche las reliquias del susodicho monasterio de Gif y acusó al confesor del lugar, un anciano hombre de bien, de haberlas robado, encarcelándolo con ese motivo en Saint-Martin. Y mientras lo mantenía en prisión, preparó dos testigos que, en su ignorancia, firmaron lo que el señor de Saint-Martin les ordenó: que habían visto en el jardín al dicho confesor con la hermana Marie entregándose a un acto vil y deshonesto, cosa que quiso hacer confesar al viejo fraile. Sin embargo este, que conocía todas las faltas de su prior, le rogó que lo llevara ante el capítulo, y que, delante de todos los frailes, diría la verdad de todo lo que sabía. El prior, temiendo que la justificación del confesor fuese su condena, no quiso aceptar su petición, pero, como lo encontrara decidido en su intención, lo trató tan mal en prisión que unos dicen que murió en ella, y otros que lo obligó a dejar los hábitos y a marcharse fuera del reino de Francia. Sea como fuere, no se le volvió a ver jamás.

Estimando el prior que así tenía atrapada a la hermana Marie, se dirigió al convento, en el que la abadesa nombrada según su voluntad no le contradecía en nada, y allí empezó a servirse de su autoridad de visitador haciendo acudir a una estancia una tras otra a todas las monjas, para escucharlas a manera de examen. Y cuando llegó el turno de la hermana Marie, que había perdido a su buena tía, comenzó diciéndole:

—Hermana Marie, ya sabéis de qué crimen se os acusa, y que de nada os ha servido simular que sois tan casta, pues es sabido que sois todo lo contrario.

—Haced venir a quien me acusa —le respondió la hermana Marie con rostro firme—, y veréis si en mi presencia mantiene su malvada opinión.

—No nos hace falta otra prueba —dijo él—, pues el confesor se ha autoinculpado.

—Lo tengo por hombre tan bondadoso —dijo ella— que no habrá confesado semejante mentira. Pero aun cuando así fuese, hacedlo venir ante mí y probaré lo contrario de lo que ha dicho.

El prior, viendo que no la podía amedrentar, le dijo:

—Como padre vuestro que soy, deseo salvar vuestro honor; por ello someto la verdad del caso al juicio de vuestra conciencia, en la que tendré fe. Os pregunto y, bajo pena de pecado mortal, os conjuro a decir la verdad, a saber, si erais virgen cuando fuisteis recluida aquí.

—Padre mío —respondió ella—, la edad de cinco años que tenía debe ser el único testigo de mi virginidad.

—Bien, hija mía —dijo el prior—, y desde entonces, ¿habéis perdido esa flor?

Ella le juró que no, y que jamás había encontrado otro impedimento que el suyo, a lo que él dijo que no lo podía creer, y que se requería una prueba.

—¿Qué prueba os place tener? —dijo ella.

—La que hago con las demás —dijo el prior—, pues así como soy visitador de almas, también soy visitador de cuerpos. Vuestras abadesas y prioras han pasado por mis manos, por lo que no debéis temer que supervise vuestra virginidad. Así que echaos sobre el lecho y poneos la parte delantera de vuestro ropaje sobre el rostro.

La hermana Marie le respondió encolerizada:

—Me habéis hablado tanto del loco amor[363] que sentís por mí, que más bien creo que me queréis arrebatar la virginidad en vez de supervisarla. ¡Así que sabed que jamás consentiré en ello!

Entonces él le dijo que estaba excomulgada por negarse a la obediencia de su santa Orden, y que si no consentía la deshonraría ante todo el capítulo y declararía la maldad que él conocía entre ella y el confesor. Pero ella, sin miedo en el rostro, le respondió:

—Aquel que conoce el corazón de sus siervos[364] me devolverá tanto honor cuando esté en su presencia cuanta vergüenza vos me procuréis en presencia de los hombres; por ello, ya que vuestra maldad ha llegado a tal extremo, prefiero que cumpla[365] su crueldad conmigo y no el deseo de su perverso apetito, pues sé que Dios es un justo juez.

De inmediato, marchó él a reunir a todo el capítulo e hizo comparecer de rodillas ante él a la hermana Marie, a la cual, lleno de un extraño despecho, le dijo:

—Hermana Marie, me disgusta que los buenos avisos que os he dado hayan sido inútiles en vuestra situación, y que hayáis caído en una falta tal que me veo obligado, en contra de mi costumbre, a imponeros una penitencia: y dicha falta es que, habiendo interrogado a vuestro confesor sobre algunos crímenes que se le imputaban, me ha confesado que había abusado de vuestra persona en el lugar en el que los testigos dicen haberlo visto. Por ello, del mismo modo que os había elevado al honorable estado de maes-

[363] Del amor carnal. [364] Cristo. [365] El sujeto elidido es «vuestra maldad»: prefiero que vuestra maldad cumpla su crueldad conmigo.

tra de novicias, ordeno ahora no sólo que seáis considerada la última de todas, sino también que comáis en el suelo ante todas las hermanas, y solo pan y agua, hasta que se sepa que vuestra contrición es suficiente para obtener el perdón.

La hermana Marie, advertida por una de sus compañeras, que conocía todo el asunto, de que si respondía algo que disgustase al prior este la pondría *in pace*, es decir, en una celda a perpetuidad, soportó esta sentencia elevando los ojos al cielo y pidiendo a Aquel que había sido su fortaleza contra el pecado que fuese su paciencia contra la tribulación. Además, el prior de Saint-Martin prohibió que durante tres años se le permitiese hablar a su madre o parientes cuando viniesen a verla, ni escribirles más cartas que las escritas en comunidad.

Así partió aquel desgraciado hombre, sin regresar nunca más, y quedó la pobre joven por largo tiempo en la tribulación que habéis oído. Pero su madre, que la quería más que a ninguno de sus hijos, muy asombrada al ver que no recibía noticias de ella, le dijo a uno de ellos, discreto y honesto gentilhombre, que creía que su hija había muerto, pero que las monjas lo ocultaban para seguir recibiendo su pensión anual,[366] rogándole que encontrase, fuese como fuese, el medio de ver a su hermana. Al instante marchó él al convento, donde le dieron la acostumbrada excusa de que hacía tres años que su hermana no se movía de la cama, ante lo cual, en absoluto satisfecho, juró que si no la veía saltaría por encima de los muros y forzaría el monasterio. Esto aterrorizó tanto a las monjas que llevaron hasta la celosía a

366 La pensión que la familia de ella pasaba para su manutención.

su hermana, pero manteniéndola tan cerca de la abadesa que no podía decir a su hermano nada sin que lo oyese. Pero ella, que era discreta, había puesto por escrito todo lo relatado, con otras mil argucias que el prior había ingeniado para engañarla, y que dejo de contar en aras de la brevedad.

Sin embargo, no quiero olvidarme de decir que, mientras que su tía era la abadesa, creyendo él que era rechazado por su fealdad, hizo que un joven y apuesto fraile la tentase, esperando que, si cedía ante él por amor, luego él podría conseguirla por miedo. Pero cuando el joven fraile le hizo proposiciones en un jardín con gestos tan deshonestos que me daría vergüenza recordarlos, la pobre muchacha echó a correr hacia la abadesa, que hablaba con el prior, gritando:

—Madre, son diablos en vez de frailes estos que nos visitan.

Entonces el prior, con gran temor de ser descubierto, comenzó a reír, diciendo:

—Sin duda, madre, tiene razón la hermana Marie.

Y cogiendo a la hermana Marie de la mano, le dijo delante de la abadesa:

—Había oído que la hermana Marie hablaba tan bien y tenía la lengua tan acerada que se la tendría por una mujer de mundo. Y por esta razón me he visto obligado, contra mi natural, a dirigirle las mismas palabras que los hombres de mundo dirigen a las mujeres, tal y como las he encontrado escritas —pues por experiencia soy tan ignorante como el día en que nací—, y pensando que eran mi vejez y mi fealdad las que le hacían mantener tan virtuosa actitud, ordené a mi joven fraile que le hablase en semejante términos, ante lo cual ella, como veis, ha resistido virtuosamente. Por eso la considero tan discreta y virtuosa que quiero que, de ahora en adelante, sea la primera después de vos y maestra de novicias, para que sus buenas intenciones crezcan en virtud cada vez más.

Este y otros muchos actos hizo este buen[367] religioso durante los tres años que estuvo enamorado de la monja, la cual, como he dicho, entregó a su hermano a través de la celosía la relación completa de su lastimosa historia. El hermano se la llevó a su madre, quien, llena de desesperación, fue a París a encontrar a la reina de Navarra,[368] única hermana del rey, a la que mostró el triste relato, diciéndole:

—¡Para que os fiéis, Señora, de esos hipócritas! Pensaba haber dejado a mi hija en los arrabales del Paraíso y camino de él, y la he puesto en cambio en el del infierno, en manos de los peores diablos que ahí pudiese haber. Porque los diablos no nos tientan si no queremos, mientras que estos nos quieren conseguir por la fuerza cuando falta el amor.

Gran pena sintió la reina de Navarra porque confiaba completamente en el prior de Saint-Martin, a quien había encomendado a sus cuñadas, las abadesas de Montvilliers y de Caen.[369] Por otra parte, un crimen tan grande le produjo tal horror y deseos de vengar la inocencia de la pobre muchacha que comunicó el asunto al canciller del rey, a la sazón legado en Francia. Este fue enviado a buscar al prior de Saint-Martin, quien, al no encontrar excu-

[367] Adjetivo irónico. [368] De nuevo la propia autora es el personaje que resuelve el conflicto, devolviendo el orden al mundo. [369] Catherine y Madeleine d'Albret, hermanas del rey de Navarra Henri d'Albret, segundo esposo de Margarita.

sa alguna, alegó que tenía setenta años, y, cuando habló con la reina de Navarra le suplicó que por encima de todos los favores que quisiera jamás concederle, y como recompensa por todos sus servicios y por todos los que habría deseado prestarle, tuviese a bien detener el proceso, y él confesaría que la hermana Marie Héröet era una perla de honor y de virginidad. La reina de Navarra, al oír esto, quedó tan asombrada que no supo qué responderle y lo dejó allí, y el pobre hombre, muy confundido, se retiró a su monasterio, donde, sin permitir que nadie lo volviese a ver, no llegó a vivir más de un año. La hermana Marie Héröet, estimada como se merecía por las virtudes que Dios le había otorgado, fue retirada de la abadía de Gif, donde tan mal lo había pasado, y nombrada abadesa por orden del rey de la abadía de Gy, cercana a Montargis,[370] que se encargó de reformar. Y así vivió, como quien está colmada del espíritu de Dios, alabándolo toda su vida por haber tenido a bien devolverle el honor y la paz.

He aquí, señoras, una historia que enseña bien lo que dice el Evangelio: que Dios confunde a los fuertes por medio de los débiles, y por medio de los inútiles a los ojos de los hombres la arrogancia de quienes creen ser algo y no son nada. Y pensad, señoras, que sin la gracia de Dios no hay hombre del que se pueda creer bien alguno, ni tentación tan fuerte que no se pueda vencer, como podéis ver por la confusión del que se estimaba justo y por el ensalzamiento de la que él quería presentar como pe-

370 Localidad del Departamento de Loiret, a ciento veinticinco kilómetros al sureste de París.

cadora y malvada. Y así queda confirmado el dicho de Nuestro Señor: «El que se ensalza será humillado y el que se humilla será ensalzado».[371]

—¡Ay! —dijo Oisille—. ¡A cuántas personas de bien engañó ese prior! Porque he visto que confiaban en él más que en Dios!

—No sería yo —dijo Nomerfide— porque tengo tal horror cuando veo un fraile que ni siquiera me confesaría, pues considero que son los peores de los hombres, y no hay casa que frecuenten sin dejar en ella alguna deshonra o alguna cizaña.

—Los hay buenos —dijo Oisille—, y no conviene juzgarlos por los malvados. Pero los mejores son los que no visitan las casas de los seglares ni a las mujeres.

—Decís bien —dijo Ennasuite—, pues cuanto menos se les vea, menos se les conoce y más se les estima, pues el trato los muestra tal y como son.

—En fin, dejémoslo estar —dijo Nomerfide—, y veamos a quién da la palabra Géburon.[372]

371 San Pablo, *Primera carta a los Corintios*, 27:31. 372 El rey de esta jornada, quien decide el tema y concede los turnos de narración.

Guía de lectura

PROPUESTA DE ACTIVIDADES

1. ACTIVIDADES DE COMPRENSIÓN LECTORA

Te habrás dado cuenta de que la mayoría de estos cuentos no tiene título:

(1) Ponle título a cada uno de ellos, sin olvidar que el título debe ser significativo y sugestivo, es decir, debe informar sobre el contenido y animar al lector a la lectura.

Te habrás dado cuenta también de que en esta selección de relatos hay unos en que la crítica se hace por medio del humor y otros en que la crítica es más severa y moralizante.

(2) Clasifica cada uno de los relatos en uno de estos dos grupos, justificando la adscripción de cada cuento a una u otra categoría.

Profundicemos un poco en el efecto cómico de alguno de estos relatos. Sin duda alguna, uno de los comportamientos humanos más difíciles de explicar es la risa: ¿por qué nos reímos cuando alguien se cae, o recibe una tarta en plena cara, o dice una determinada expresión, etc.? Según el semiólogo, filósofo y novelista Umberto Eco, el efecto cómico se produce porque se viola una regla social o antropológica que se tiene tan perfectamente asumida que ni siquiera nos damos cuenta de que existe.

(3) ¿Crees que esta explicación es válida para los cuentos que has clasificado como cómicos? Escoge dos o tres escenas concretas (por ejemplo: las historias de los perezosos, el descubrimiento del carnero

por parte de Pitas Payas, los besos de Absalón, las escenas del peral, la escena final de "El archidiablo Belgafor", etc.) y trata de ver qué regla social o lingüística está por detrás del efecto cómico y se viola para provocar la risa.

Uno de los recursos que mejor aúnan la comicidad y la crítica es la ironía, que consiste en dar a entender lo contrario de lo que se dice. Para ello, es necesario, o bien apoyar la expresión irónica por medio del tono de voz y los gestos (en la lengua hablada), o bien por medio de recursos estilísticos (en la lengua escrita). Además, es imprescindible que haya un desajuste evidente entre la realidad y lo que se dice. Por ejemplo, si un día en clase nadie ha hecho los deberes y el profesor dice: «¡Qué alumnos más estudiosos!», los alumnos captan la ironía, además de por el tono, porque saben que en la realidad nadie ha cumplido con su trabajo.

(4) En los siguientes casos, explicita

a) ¿qué recursos estilísticos apoyan la ironía (admiraciones, cambio de orden de palabras, uso de términos con connotaciones o demasiado elevados socialmente, exageraciones, etc.);

b) ¿cuál es la realidad contraria a la expresión irónica que se pone en evidencia?

— Cuento de los perezosos, verso 4;
—Discurso de Lidia tras matar el halcón de Nicóstrato (pág. 55);
—Enfado de Lidia ante las acusaciones de Nicóstrato tras bajar del peral (pág. 62);
—Respuesta del joven que se fue a Caffa a su regreso (pág. 101);
—Expresión del molinero sobre los estudiantes: «¡No saben nada los estudiantes!» (pág. 114);
—El modo de tratar el matrimonio en el discurso inicial del narrador en el "Cuento del mercader" (pág. 129);
—El modo de tratar el tema del matrimonio en el discurso de Plutón y en el concilio de sus consejeros (pág. 188).

En la mayoría de los relatos (aunque no en todos) cabe distinguir el marco narrativo en el que se inserta el cuento de la propia narración del mismo.

(5) Distingue uno de otro en cada relato.

El marco narrativo suele ser una reflexión más o menos moralizante sobre el argumento del cuento.

(6) Identifica el tema de esta reflexión y su relación con el argumento en cada caso.

Como se ha dicho en la presentación, podríamos distinguir tres constantes argumentales en estos cuentos:

a) Engaños a maridos urdidos por sus mujeres, y otras críticas a las mujeres;

b) Corrupciones y deshonestidades de clérigos;

c) Burlas, donaires, chistes o facecias.

(7) Clasifica cada relato en uno de estos grupos y justifica tus respuestas. Hay relatos que pueden adscribirse a más de un grupo. ¿Cuáles son?

2. ACTIVIDADES SOBRE LA NARRACIÓN LITERARIA

Toda narración literaria desarrolla sus acontecimientos siguiendo una determinada estructura o un determinado plan. El más tradicional es el que ordena la trama en planteamiento, desarrollo y desenlace. En alguno de estos cuentos es muy fácil encontrar este esquema:

(1) Identifícalo, especificando el comienzo de cada una de las partes en "El mercader de Venecia" (pág. 67), en "Lo que sucedió a un mozo que casó con una muchacha de muy mal carácter" (pág. 27), en el "Cuento del senador discreto" (pág. 203) y en el "Cuento del marido crédulo" (pág. 209).

En otros casos, este esquema parece más complicado, bien con un doble desarrollo, bien con una trama secundaria:

(2) ¿Cómo se complica el planteamiento en el "Cuento del mercader" (pág. 129)? ¿Qué dos tramas interrelacionadas hay en el "Cuento del molinero" (pág. 109)? ¿En qué momento clave confluyen para

ocasionar el desenlace? ¿Cómo se complica el desarrollo en el "Cuento de Lidia y Nicóstrato" (pág. 49)?

Otro modo de ver bien el ordenamiento y la progresión de un cuento es estudiar la combinación entre «escenas» y «panoramas» (Percy Lubbock). Una escena se desarrolla en tiempos y espacios limitados, como en el teatro, y en ella se narran acciones concretas; un panorama hace un recorrido por tiempos y espacios extensos y variados y en él se narran estados (anímicos, sociales, etc.) y sus cambios.

(3) Observa la disposición de panoramas y escenas en el "Cuento de Pitas Payas" (pág. 21), en el "Cuento del mozo que casó con una muchacha de muy mal carácter" (pág. 27) y en el "Cuento del hornero Cisti" (pág. 41).

Describe el *crescendo* (aumento progresivo de intensidad narrativa) que provoca la sucesión de escenas, hasta la escena final, en el "Cuento de la falsa devota" (pág. 33) y en el "Cuento de Lidia y Nicóstrato" (pág. 49). ¿Cuáles son los elementos que hacen que aumente la tensión en cada caso?

Podrás observar que a menudo el planteamiento es un panorama mientras que el desarrollo y el desenlace son escenas. Sin embargo, en algunos cuentos el planteamiento también incluye una escena.

(4) Identifica qué escenas forman parte del planteamiento en el "Cuento de Pitas Payas" (pág. 21), en el "del mozo que casó con una muchacha de muy mal carácter" (pág. 27) o en "El archidiablo Belgafor" (pág. 187).

Un cuento en el que apenas hay escenas es el del recién casado que se marchó a Caffa.

(5) ¿Qué efecto crees que produce la ausencia de escenas?

La progresión textual de un relato supone necesariamente la manipulación del tiempo y del espacio.

(6) Indica el tiempo real en que se desarrollan el "Cuento del prior hipócrita" (pág. 229), el "Cuento del matrimonio de Alençon" (pág.

217), "El mercader de Venecia" (pág. 67), "El archidiablo Belgafor" (pág. 187), y el "Cuento del molinero" (pág. 109).

(7) Un cuento en el que el espacio físico adquiere gran importancia es el "del amante indiscreto" (pág. 177). ¿Cómo interviene el espacio físico en el desarrollo de la trama? ¿Qué dos espacios debemos distinguir?

(8) La variedad de espacios es una característica del "Cuento del matrimonio de Alençon" (pág. 217). Indica los espacios en que se desarrolla la acción y qué función narrativa tienen.

El otro elemento imprescindible para crear un relato son los personajes. En estos cuentos, hemos encontrado algunos modelos básicos: clérigo corrupto o mundano, mujer que engaña a su marido, marido engañado y débil de carácter, amante de la mujer, intermediario entre el amante y la mujer.

(9) Clasifica los personajes en uno de estos cuatro grupos e indica aquellos que, en tu opinión, no puedan adscribirse a ninguno de ellos.

Ahora bien, si los personajes fuesen simplemente la repetición de un modelo, carecerían para nosotros de interés y fuerza literaria. Por ello, en los mejores personajes, se hacen variaciones sobre el modelo para conseguir determinados efectos literarios.

(10) ¿Qué rasgos de personalidad o carácter, independientes del modelo, puedes apreciar en Lidia, la dama de Belmonte, el gentil Nicolás, Absalón, la dama discreta del cuento del amante indiscreto, Don Rodrigo, la esposa del senador francés, la señora del procurador de Saint-Aignan, el prior de Saint-Martin.

Otro tipo de personajes importantes para el desarrollo del relato son los personajes secundarios, quienes, sin ser protagonistas, tienen una función fundamental para la creación del ambiente, y a veces también para la progresión de la trama. En estos relatos no son muy abundantes, pero sí hay alguno interesante.

(11) Identifica los personajes secundarios en los relatos que los tengan, indicando su función narrativa para el argumento o el ambiente.

Todos los elementos que intervienen en la narración literaria (espacio, tiempo, personajes, etc.) se presentan y desarrollan por medio de unos procedimientos discursivos que poseen un determinado valor expresivo. Veamos algunos de ellos.

(12) *La descripción.* Analiza las descripciones de Alison (pág. 113) y de Absalón (pág. 115). ¿Cuáles son las figuras retóricas más utilizadas en ellas? ¿Qué rasgos psicológicos se acentúan de cada uno de los personajes?

(13) *El diálogo.* Analiza el diálogo entre el juez, Giannetto y el judío en la escena cumbre de "El mercader de Venecia" (pág. 87). El diálogo tiene dos partes claramente diferenciadas: ¿cuáles son? ¿Cómo cambian las actitudes de los tres personajes de una a otra? ¿Cómo se canaliza la tensión narrativa a través del intercambio de intervenciones en el diálogo?

(14) *El estilo indirecto.* En el "Cuento del mozo que casó con una muchacha de muy mal carácter" (pág. 27) y en el "Cuento de la falsa devota" (pág. 33), la primera escena, que pertenece al planteamiento, se desarrolla por medio de estilo indirecto. ¿Por qué? ¿Qué efectos produce el paso del estilo indirecto al directo?

(15) *El discurso directo argumentativo.* El segundo discurso de Lusca para convencer a Pirro (pág. 53) es un prodigio de rigor argumental. ¿Qué argumentos utiliza y qué preocupaciones de Pirro trata de eliminar con ellos?

(16) También es un buen discurso el que pronuncia el recién casado que se va a Caffa a su regreso (pág. 101). ¿Qué argumentos usa él?

(17) *Los marcadores de cambio de tema narrativos. En los textos narrativos, las expresiones que nos indican un cambio de tema son normalmente espaciales y temporales, pues indican el cambio espaciotemporal que hace avanzar la acción.* Señala estos marcadores en el "Cuento de la falsa devota" (pág. 33), en el "Cuento del senador discreto" (pág. 203) y en el "Cuento del marido crédulo" (pág. 209). *¿Te das cuenta de que, al identificarlos, estás ya trazando la estructura del relato?*

Todo texto literario retoma, consciente o inconscientemente, una serie de elementos de la tradición literaria anterior, variándolos más o menos según la concepción del mundo que genera el relato. En este libro, tenemos un caso muy llamativo: el motivo literario tradicional del peral encantado que aparece en un cuento de Boccaccio y en otro de Chaucer.

(18) Compara ambos usos del motivo, señalando en qué se parecen y en qué difieren.

Todo texto literario viene generado desde una determinada concepción del mundo y al mismo tiempo sirve para construir y refrendar esa concepción. Pero como esa concepción es siempre contradictoria y desajustada, la literatura nos permite reflexionar, imaginar y sentir acerca de ella, ponerla en cuestión, preguntarnos sobre ella.

(19) Los dos relatos de *El Conde Lucanor* ofrecen dos casos de relaciones entre apariencia y verdad diferentes. Los dos casos son engaños, pero uno es presentado como positivo y el otro como negativo. ¿Por qué eso es así? ¿Qué efectos producen ambos engaños sobre el orden social?

(20) En el "Cuento del hornero Cisti" (pág. 41) aparecen delimitadas las clases sociales de la ciudad mercantil. ¿Cuáles son esas clases? Caracterízalas socioeconómicamente. ¿Qué comportamiento social se presenta como ejemplar? ¿Qué clase social se reconoce principalmente?

(21) ¿Qué relación entre siervos y señores se da en el discurso de Lusca (pág. 53)? ¿En qué se basa, en la fidelidad o en el interés? ¿Es una relación feudal?

(22) Muchos de estos relatos dan una determinada imagen del matrimonio. Identifica los rasgos concretos que se le atribuyen a este en cada uno de los casos, señalando en qué te has basado para la identificación.

(23) También —y sobre todo— se da una determinada imagen de la mujer, que se mueve entre el deseo sexual y el control racional de ese deseo. Da ejemplos del comportamiento de las mujeres en este aspec-

to. ¿Por qué crees que se suele hablar negativamente de las mujeres en las conclusiones o en los prólogos de estos relatos? ¿Crees que los personajes femeninos son en realidad tan negativos? Y, más en general, ¿se da una imagen de igualdad entre los sexos?

(24) Existe también en estos relatos una valoración positiva del ingenio, la astucia, la habilidad para conseguir los propios fines manipulando el mundo según las propias necesidades. Da ejemplos concretos extraídos de los cuentos.

(25) En los dos cuentos de Margarita de Navarra se da una imagen de la justicia muy determinada ideológicamente. ¿Cuáles son los actores fundamentales y cómo intervienen en el desenlace? ¿En qué difiere esta imagen de la de "El mercader de Venecia"? Relaciona sus diferencias con los regímenes políticos del tiempo histórico en que cada cuento fue escrito.

3. ACTIVIDADES DE EXPRESIÓN ESCRITA

(1) Para finalizar, prueba a escribir tu propio relato satírico-burlesco. Sigue los siguientes pasos:

a) Piensa en el vicio social que quieres criticar. Reflexiona e infórmate sobre él.

b) Describe el espacio y el tiempo concretos en que vas a situar la acción. Piensa que cuanto más cercanos a ti sean más fácil te resultará.

c) Diseña física y psicológicamente los personajes principales y secundarios. Puedes basarte en modelos sociales.

d) Organiza la trama. Si no se te ocurre ninguna original, reproduce el esquema argumental de algunos de los relatos de este libro. Cuida la sucesión entre escenas y panoramas. Distingue bien entre planteamiento, desarrollo y desenlace.

e) Decide quién va a narrar la historia y desde qué distancia y perspectiva.

f) Escríbela tratando de crear efectos humorísticos e irónicos.

g) Repásala y corrígela.

Glosario

Acaecer: suceder, acontecer, ocurrir.
Acerado: de acero. Fuerte y resistente. Incisivo, mordaz.
Acucioso: diligente, solícito. Movido por un deseo vehemente.
Acuñar: troquelar las monedas y medallas.
Agasajar: tratar y atender a uno con cariño. Halagar. Obsequiar, regalar.
Aguamiel: agua con miel.
Alabarda: arma ofensiva, que consta de una cuchilla transversal, aguda de un lado y de figura de media luna por el otro, puesta al extremo de un asta larga.
Alambicado: sutil, retorcido.
Alcándara: percha para que se posen las aves de cetrería, loros, etc.
Alguacil: subalterno de la administración de justicia que ejecuta las órdenes del tribunal.
Al punto: de inmediato.
Animadversión: enemistad. Odio. Reprobación o reprensión severa.
Ansarón: ánsar, ave palmípeda, con plumaje general blanco agrisado, alas agudas que pasan de la extremidad de la cola, y pico anaranjado, dentellado y muy fuerte en la base.
Aparejar: poner a un buque su aparejo. Preparar, prevenir.
Aparejo: conjunto de palos, vergas, jarcias, y velas de un buque.
Ardite: cosa insignificante.
Argamasa: mezcla de cal, arena y agua que se emplea en las obras de albañilería.
Arredrarse: amedrentarse, asustarse. Retraerse, retroceder.
Artero: mañoso, astuto.
Astrolabio: antiguo instrumento en que estaba representada la esfera celeste, provisto de limbos graduados y alidadas, para observar los movimientos de los astros.
Augurar: predecir con superstición. Presentir y anunciar desgracias.
Avisado: prudente, astuto.

Ayuda de cámara: criado cuyo principal oficio es cuidar el vestido de su amo.

Bienes muebles: los que pueden trasladarse de una parte a otra.

Calzas: prenda de vestir que cubría el muslo y la pierna.
Cámara: sala o pieza principal de una casa.
Canciller: magistrado supremo en algunos países. Empleado auxiliar en las embajadas, legaciones y consulados.
Cañaveral: sitio poblado de cañas o cañaveras.
Capítulo: junta que celebran periódicamente las órdenes religiosas.
Cardamomo: planta parecida al amomo, con el fruto más pequeño.
Cautiverio: cautividad, estado de prisionero.
Celosía: enrejado que se pone en las ventanas para que las personas que están en el interior vean sin ser vistas.
Cendal: tela muy delgada y transparente.
Cinegético: perteneciente o relativo al arte de la caza.
Cizaña: disensión, discordia.
Cofradía: congregación que forman algunos devotos para ejercitarse en obras de piedad. Gremio o corporación formada para un fin determinado.
Coito: ayuntamiento carnal entre hombre y mujer.
Conchabarse: confabularse. Juntarse, asociarse.
Consignar: destinar determinados réditos para el pago de una deuda o renta. Designar la pagaduría que ha de cubrir obligaciones determinadas.
Constreñir: obligar, compeler a uno a que haga alguna cosa.
Contrición: dolor y aflicción de haber ofendido a Dios.
Corregidor: magistrado que ejercía la jurisdicción real con mero y mixto imperio, y conocía de las causas y del castigo de los delitos. Alcalde que nombraba el rey en algunas poblaciones importantes.
Crescendo: aumento gradual de la intensidad.
Cuesquear: echar cuescos, es decir, ventosidades ruidosas.
Culinario: perteneciente o relativo a la cocina.

Demudar: mudar, cambiar. Alterar, desfigurar. Cambiarse repentinamente el color, el gesto, o la expresión del semblante.
Desavenencia: oposición, discordia.
Desavenir: desconcertar, poner en desacuerdo.
De consuno: juntamente, de común acuerdo.
Desposar: contraer matrimonio.

Deudo: pariente.
Digresión: desviación en el hilo del discurso para hablar de cosas que no tengan íntimo enlace con aquello de que se está tratando.
Discreción: don de expresarse con ingenio y oportunidad.
Discreto: dotado de discreción.
Dispensar: conceder, otorgar, distribuir. Eximir de una obligación. Absolver o excusar de alguna falta.
Disquisición: examen riguroso y detenido que se hace de alguna cosa.
Donaire: chiste o dicho gracioso y agudo.
Doncel: joven noble que aún no estaba armado caballero.

Ejemplo: en la Edad Media, relato breve para apoyar y hacer más vivo un sermón o tratado moralizante.
Emboscar: ocultar una o varias personas para un ataque por sorpresa.
Endrina: fruto del endrino. Es pequeño, negro azulado y áspero al gusto.
Ensenada: recodo entrante que forma la costa, rodeando cierta extensión de mar.
Escrúpulo: duda o recelo que inquieta la conciencia.
Escudo: moneda antigua de oro.
Esparcir: divertir, recrear.
Esparcimiento: acción y efecto de esparcir o esparcirse. Despejo, desenvoltura, naturalidad, alegría.
Espetar: decir a uno algo que le cause sorpresa o molestia.
Espulgar: limpiar la cabeza, el cuerpo o el vestido de pulgas o piojos.
Estío: verano.
Estipular: hacer contrato verbal. Convenir, concertar, acordar.
Estocada: golpe que se tira de punta con la espada o estoque.
Estulticia: necedad, tontería.
Excomulgar: apartar la Iglesia de la comunión de los fieles y del uso de los sacramentos al contumaz y rebelde.
Exordio: introducción, preámbulo de un discurso, de una composición literaria u otra obra de ingenio.

Finado: persona muerta, difunto.
Frenético: poseído de frenesí, de locura o delirio furioso.
Garduña: mamífero carnicero, de cabeza pequeña, cuello largo y patas cortas, que destruye las crías de muchos animales útiles.
Gentil: gallardo, galán, gracioso.
Gentilhombre: tratamiento de cortesía. Buen mozo.
Geomancia: adivinación supersticiosa que se hace valiéndose de los cuerpos terrestres, o con líneas trazadas en la tierra.

Gota: enfermedad constitucional que causa hinchazón muy dolorosa en ciertas articulaciones.

Hado: destino.
Haragán: perezoso, holgazán, que rehuye el trabajo.
Hidrópico: que padece hidropesía (acumulación anormal de humor seroso en cualquier cavidad del cuerpo). Sediento con exceso.
Hipocorístico: dícese de los vocablos que, para expresar cariño, se acortan o modifican.
Hipocrás: bebida hecha con vino, azúcar, canela y otros ingredientes.
Horadado: agujereado.
Huero: vano, vacío, insignificante.

Idólatra: que adora ídolos o falsas deidades.
Ironía: burla fina y disimulada. Figura retórica que consiste en dar a entender lo contrario de lo que se dice.
Izar: hacer subir alguna cosa tirando de la cuerda de que está colgada.

Justa: lucha o combate singular, a caballo y con lanza. Torneo en que acreditaban los caballeros su destreza en el manejo de las armas.

Lascivo: perteneciente a la lascivia o lujuria, a la propensión al deleite carnal.
Legado: sujeto que una suprema potestad eclesiástica o civil envía a otra con algún mensaje o comisión.
Lúcido: que se expresa con claridad.
Lucio: pez de agua dulce, cuya carne es muy estimada.

Mal avisado: que obra de modo irreflexivo.
Mallo: juego que se hace en el suelo con bolas de madera impulsadas con unos mazos de mango largo.
Mancebo: joven de pocos años.
Margal: terreno en que abunda la marga, un tipo de roca compuesta principalmente de carbonato de cal y arcilla, que se emplea como abono.
Mesura: seriedad y compostura en la actitud y el semblante.
Mundano: dícese de la persona que atiende demasiadamente a las cosas terrenales, o a las pompas y placeres.

Nigromántico: perteneciente a la nigromancia, o arte de adivinar el futuro invocando a los muertos.

Novicia: persona que se prepara en una orden religiosa para profesar en ella.

Obsequioso: rendido, cortés, condescendiente.

Palaciego: perteneciente o relativo al palacio del rey. Cortesano.
Palafrenero: criado que lleva del freno el caballo. Mozo de caballos.
Pareado: dos versos unidos por la rima consonante.
Patán: aldeano o rústico. Hombre grosero y tosco.
Penitente: persona que hace penitencia.
Perjurar: jurar en falso.
Pertrechar: proveer de pertrechos, es decir, de utensilios necesarios para cualquier operación.
Pihuela: correa con que se aseguran los pies de los halcones u otras aves de caza.
Posta: conjunto de caballerías apostadas a distancia de dos o tres leguas, para que, mudando los tiros, se haga el viaje com más rapidez. Distancia que hay de una posta a otra.
Preboste: jefe o cabeza de una comunidad.
Presto: pronto, diligente, veloz. Preparado o dispuesto para ejecutar una cosa.
Prior: en algunas comunidades, superior o prelado ordinario del convento.
Proa: parte delantera de la embarcación.
Procurador: el que en virtud de poder o comisión de otro ejecuta en su nombre una cosa.
Prolijo: largo, extenso y dilatado en exceso.
Proveer: prevenir y acopiar todas las cosas necesarias para un fin.

Rabel: instrumento parecido al laúd y con tres cuerdas que se tocan con un arco.
Ralea: especie, calidad. Despectivo aplicado a personas: raza o linaje.
Regla: ley por que se gobierna una comunidad religiosa.
Relator: letrado encargado de hacer relación de los autos o expedientes en los tribunales superiores.
Reprobar: no aprobar, dar por malo.
Reputar: estimar, formar juicio del estado o calidad de una persona o cosa.
Rescindir: anular o dejar sin efecto un contrato, obligación, etc.
Reverencia: respeto o veneración.
Reverendo: digno de reverencia.

Salterio: instrumento que consiste en una caja prismática de madera, provista de cuerdas metálicas.
Sarcasmo: Burla sangrienta, ironía mordaz y cruel. Figura retórica que consiste en emplear esta especie de ironía o burla.
Sarcástico: que denota o implica sarcasmo.
Sarmiento: vástago de la vid, flexible y nudoso.
Sayo: casaca holgada, larga y sin botones.
Seglar: perteneciente a la vida, estado o costumbre del siglo o mundano.
Senescal: mayordomo mayor.
Simonía: compra o venta deliberada de cosas espirituales.
Simoníaco: perteneciente a la simonía.
Sobrevenir: acaecer una cosa además o después de otra. Venir de improviso.
Solaz: consuelo, placer, diversión, alivio de los trabajos.
Solazar: dar solaz.

Tablado: suelo plano formado por tablas unidas por el canto. Tarima.
Tajo: trozo de madera grueso y pesado sobre el cual se cortaba la cabeza a los condenados a esta pena.
Tamaño: tan grande o tan pequeño. Muy grande o muy pequeño.
Toga: traje o ropón negro, exterior y de ceremonia, que usan los magistrados, letrados, catedráticos, etc., encima del ordinario.
Tribulación: congoja, disgusto o aflicción que inquieta y turba el ánimo. Persecución o desgracia que padece el hombre.
Trola: mentira, falsedad.

Ultraje: maltratamiento, injuria o desprecio.
Virar: cambiar de rumbo de bordada, pasando de una amura a otra.
Vísperas: una de las horas del oficio divino que se dicen después de nona.
Vulgo: el común de la plebe.

Bibliografía

AA. VV.: *Cuentos de la Edad Media,* edición de José Antonio Pindel Martínez, Castalia (Castalia Prima), Madrid, 1999.
Recoge treinta y cinco relatos castellanos medievales, entre ellos algunos de *El Conde Lucanor*, el *Libro de Buen Amor*, y el *Corbacho*, con ligeras adaptaciones lingüísticas para hacerlos más asequibles a los lectores. De cada libro del que se han extraído relatos se hace una pequeña nota introductoria. Con presentación, notas aclaratorias y actividades didácticas, siguiendo la línea de la colección Castalia Prima. De esta edición hemos tomado la versión del relato «El ermitaño de Valencia».

AA. VV.: *Cuentos de la Toscana,* Montesinos, Barcelona, 1982.
Relatos de escritores toscanos de tradición boccaccesca del siglo XIX al XVI (da Barberino, Cornazzaro, Brevio, Molza, Firenzuola...). De los incluidos en este libro, encontramos a Franco Sacchetti, Giovanni Fiorentino, Masuccio Salernitano, y Matteo Bandello. La traducción de Francesc Sempere es recomendable, aunque un poco adornada. Incluye prólogo de Rafael Humberto Moreno-Durán y nota introductoria sobre cada autor y su obra.

Arcipreste de Hita: *Libro de Buen Amor,* texto íntegro en versión de María Brey Mariño, Castalia (Odres Nuevos), Madrid, 1995 (decimoctava edición).
Versión actualizada conforme a la línea de Odres nuevos. Se trata de una de las actualizaciones más brillantes de un texto medieval que se puede encontrar hoy en día. Interesante prólogo, completa bibliografía, vocabulario y un índice muy útil para tener una visión global de la obra. De esta versión hemos extraído las dos historias del *Libro de Buen Amor* que incluimos.

Arcipreste de Hita: *Libro de Buen Amor*, edición de G. B. Gybbon-Monypenny, Castalia (Clásicos Castalia), Madrid, 1988.
Edición filológica de gran calidad, con una de las mejores introducciones que se pueden encontrar. Imprescindible si se quiere profundizar en la obra, pero quizás un poco excesiva para un nivel de bachillerato.

Arcipreste de Talavera: *Corbacho*, edición de J. González Muela, Castalia (Clásicos Castalia), Madrid, 1985.
Edición filológica con una interesante introducción. Para la versión del relato «De cómo la mujeres mienten jurando y perjurando» hemos seguido esta edición.

Barnard, Robert: *Breve historia de la literatura inglesa*, Alianza editorial, Madrid, 2002.

Boccaccio, Giovanni: *Decamerón*, edición de María Hernández, Cátedra, Madrid, 1994.
Excelente traducción y edición. Con ella se consigue una muy cumplida visión de conjunto sobre la obra del florentino, con especial relevancia para el tema de la inserción y de la estructura general del libro. También da completa información en las notas de las fuentes utilizadas por el autor, así como de la repercusión de la obra en la literatura española.

Boccaccio, Giovanni: *El Decamerón [diez cuentos]*, edición de Juan Varela-Portas de Orduña, Castalia (Castalia Prima), Madrid, 2004.
Edición que sigue el esquema de Castalia Prima, con presentación, notas aclaratorias y actividades didácticas. Incluye diez relatos del *Decamerón*, que intentan representar la variedad de tonos y formas de la obra.

Chaucer, Geoffrey: *Cuentos de Canterbury*, Gredos, Madrid, 2004.

Chaucer, Geoffrey: *Cuentos de Canterbury*, Círculo de lectores, Barcelona, 1997.

Chaucer, Geoffrey: *El escudero y otros cuentos maravillosos*, Compañía europea de comunicación e información, Madrid, 1992.

Chaucer, Geoffrey: *El fraile y otros cuentos de codicia e infidelidad*, Compañía europea de comunicación e información, Madrid, 1992.

Chaucer, Geoffrey: *El mercader y otros cuentos conyugales*, Compañía europea de comunicación e información, Madrid, 1992.

Chaucer, Geoffrey: *El molinero y otros cuentos licenciosos*, Compañía europea de comunicación e información, Madrid, 1992.

Don Juan Manuel: *El conde Lucanor*, edición de José Manuel Blecua, Castalia (Clásicos Castalia), Madrid, 1988.
Edición filológica con una introducción muy asequible que permite una visión de conjunto completa sobre la obra y la vida de Don Juan Manuel.

Don Juan Manuel: *El conde Lucanor*, versión de Enrique Moreno Báez, Castalia (Odres nuevos), Madrid, 1996.
Versión en español actual de la obra medieval, que la hace mucho más legible para los lectores sin falsear en modo alguno el original. Introducción muy completa e informativa. Para los relatos aquí incluidos de *El conde Lucanor* hemos seguido esta edición.

Galván, Fernando: *Literatura inglesa medieval*, Alianza editorial, Madrid, 2001.

Margarita de Navarra: *Heptamerón*, edición de María Soledad Arredondo, Cátedra, Madrid, 1991.
Excelente traducción y edición de la obra, con una introducción muy completa y al mismo tiempo asequible, notas muy significativas. Sin duda es la mejor edición del *Heptamerón* que se puede encontrar hoy.

Petronio, Giuseppe: *Historia de la literatura italiana*, Cátedra, Madrid, 1990.
Historia de la literatura con un planteamiento sociologista que puede servir de perfecta introducción a los autores italianos que incluimos en este libro, los cuales pueden encontrarse fácilmente gracias al índice onomástico.

Prado, Javier del (coord.): *Historia de la literatura francesa*, Cátedra, Madrid, 1994.

Riquer, Martín de y Valverde, José María: *Historia de la literatura universal*, Planeta, Barcelona, 1999.

El editor

Juan Varela-Portas de Orduña es doctor en Filología, profesor de enseñanza secundaria de Lengua y Literatura españolas y profesor asociado en el Departamento de Filología Italiana de la Universidad Complutense de Madrid. En su actividad privada, es coordinador del colectivo editorial de La Discreta Academia y Ediciones de La Discreta, para quienes ha editado alrededor de cincuenta libros. Asimismo, es presidente del Consejo de Administración de una empresa agroalimentaria.

En su labor académica, es presidente de la Asociación Complutense de Dantología, codirector de la revista Tenzone, y director de las colecciones de libros académicos La biblioteca de *Tenzone* (Asociación Complutense de Dantología) y Bártulos (Ediciones de La Discreta). Ha publicado varios libros (monografías, ediciones y traducciones) y más de ochenta artículos científicos, especialmente sobre Dante Alighieri y la literatura medieval italiana, pero también sobre literatura española e hispanoamericana.

Juan Varela-Portas de Orduña [illegible] doctor de [illegible] en el Departamento de Filología Italiana de la Universidad Complutense de Madrid [illegible] comunidad del [illegible] Académica [illegible] presidente [illegible]

[illegible] literatura española [illegible]

Este libro se terminó
de imprimir el día
25 de enero de 2025